JN070673

終の暮らし

跡形もなく
消えていく
ための心得

曽野綾子

興陽館

はじめに
――自分らしく「家にいる暮らし」を楽しむには

今回、別に強制ではないのだが、できるだけ都民に、自家で日曜日を過ごすように言われた日もあった。あまり出歩くな、というのなら、家にいる他はない。その間ずっと馴染みの喫茶店にいるにしても、小遣いもいるし運動不足で体が痛くなるかもしれない。

しかし最近の人々の姿を見ていると、どうも家にいる方法がわからないようである。

私は職業柄、一日中家にいるのが普通で、しかも性格的にも外出がそれほど好きではない。だから「できるだけ家にいるように」と言われても少しも圧迫を感じない。

急ぎの仕事があるなら一日中書く。しかしそれほど急ぐ原稿がないから、思いつきで片づけものをする。引き出し二つとか書棚五段とかを、整理するか、捨てるものは捨て、雑巾でゴミを拭き取り、そのようにしてできた空間を愛でる。空間というものは私にとって一つの財産だ。その分だけ又、新しいものが買える。

私が著述業でなくても、私が住んでいる家の空間の中ですべきことがたくさんある。小さな地面に生える雑草を抜くこと、不要な物を捨てること、長らく放置してあるカーテンやテーブルクロスなどの洗濯の手順を進めること、書棚の埃を拭くこと、庭においてある植木鉢にたっぷりの水をやること。どれも意外と時間のかかる仕事なのだ。

しかし我が家と違って書棚や植木鉢とは無縁の暮らしもあるだろう。しかしそういう家でも、人は家にいてこそできる仕事というものを、昔はよく知っていたのである。

貯蔵している米や豆などを空気にさらすこと、毎日使っている蒲団を充分に干すこと、冷蔵庫の中味の整理をすること。

私の母などの世代は秋によく、着物を虫干ししていた。一番広い部屋に紐を張りめぐらし、普段は着ない余所行きを広げて風を通す。子供は見たことのない着物の間をかいくぐって遊び廻る。ちょっとした楽しみだった。

今の人たちは「家にいるように」と言われると何をしたらいいのかわからないようだ。一番手軽な時間つぶしは、本を読むことだ。

私の作った家庭はだらしなく、私は夏など風通しのいい場所に寝ころがって本を読んでいた。自分が幼い頃風邪をひいて一日学校を休んで寝ていることになると、「風邪をひいたご褒美」をもらえた。読みたい本を一冊買ってもらえるのである。それだけで、私は大きな得をしたような気分になった。本は何でもいいのである。一日寝床の中で江戸川乱歩の推理小説を読めるなら、風邪をひくとは何といいことだろう、と本気で思っていた。

家ですることは昔からたくさんあった。洗濯機もない時代には、溜まった洗濯物を洗うのは決して楽しいことではなかった。しかし家にいろ、と言われたらすることは山のようにあった。身の回りの片づけ、狭い庭の雑草採り、余った食材でやや保存食風のおかずを作っておくこと、蒲団カバーの洗濯、季節に合わないまま使い続けていたり始末を怠っている衣類の整理。

私の父は、大した美術品を持っているわけでもなかったが、毎月一日に床の間の掛け軸をかけ換えた。家をつくる時、床の間なんかをつくるからこういう面倒なことになるのだ、と私は心の中で思っていたが、口に出して言ったことはない。床の間の掛け軸も、家長制度の存在を表しているのだろうが、私が悪意を持ち続けたそうした制度は、私が捨て去ろうとしたからか父の代で終わりになった。

私が結婚した相手の親たちは温厚な人たちだったが、その付き合いの多くは無政府主義者のような思想の仲間で、床の間や掛け軸には縁のない人たちらしかった。もっとも義父は売れない絵描きの画を何枚ももっていた。長く居候をしたお礼に描いておいて行ったものらしかった。

義母（姑）はいつも夫（義父）がお金があると、生涯の研究対象だったダンテの本ばかり買うか、家に食客を置いておくかする苦労話をしていたが、私はその手の辻褄の合わない話が好きだった。私の育った家は折り目正し過ぎて、食客などいたことがない。つまりあらゆる意味でつまらない家だったのである。

つまらない家ではどういうふうに暮らすか。大した選択はできない。私は仕方なく本を読んだ。ゲーム類も少しはもっていたが、大人のゲーム狂を呼んで盛大に楽しく遊ぶ空気は許されなかった。つまり昔から普通の家では、家にいろと言われたって大した悪はできなかったのである。床の間で居眠りするか、本を読むか、さぼって溜まっていた仕事を片づけるか、趣味の手仕事をするか、そんな程度の選択肢しかない。

だからコロナのおかげで思わぬ休みができたって、才覚のある人でなければ、面白いズル休みはできないわけだ。ズル休みにだって才覚が要る。このことを肝に銘じておくことだ。

『月刊WiLL』ワック　2020年8月号

終の暮らし

目次

第1章　今日を暮らすということ

第2章　部屋にはものを置かない

第3章 家にはなにも残さない

第4章　家族も暮らしも変わる

第5章 終の家で死ぬということ

装丁　長坂勇司

第 1 章

今日を暮らすということ

何もない空間が好き

私の捨てる趣味は、この頃関心のある友人の間では少し知られてきたらしくて、時々家を訪ねてくる知人、友人がガランとなった家のことにふれる。私は本当に何もない空間が昔から好きなのである。

元々は二十畳くらいはあるただの食堂と居間だった所は、いろいろな経緯の後、ただの空き部屋になった。新しくソファでも食堂用のテーブルでも買えば買えるのに、私は何もしない。二匹飼っている猫が、ネズミのような足音を立てて駆けまわり、ジャンプしてじゃれ合うために残した、としか思えないのである。もっとも、時々私は「ここはアフリカの荒野じゃないんだから、静かにして」と彼らを怒る。

生まれつきの性格にもあったのか、このごろ私は何もない空間を、つくづく大切だと考えている。あの何もない棚の上には花瓶を置いてもいいのだとか、インドネシアの木彫を飾ってみようかなどと一瞬考えないでもないのだが、その度に空間はお金に換え難い自由を残していると思う。

空間があればいつでも何でも置ける。誰かが来てもいい、何かを置いてもいい、そこに来るものがあるかもしれない、と思う時、かすかだが未来の手応えを感じている。しかし、棚でも押し入れでも、ぎっしり物が詰まっていると、この先希望はない、という感じになる。希望は持つにも叶えるにも必ず変化を伴う。空間はそのために必要なものだ。

こうした空間を、私がうまく使えるのは小さな木工品や陶器を飾ることなのだが、日々使う皿小鉢は、五十代にかなり熱心に買った。お客用というのではなく、カボチャの煮付けや、風呂吹き大根を盛りつけるのに使っている。今さら買わなくても、わが家の料理の範囲には十分である。私の体力はもう鯉(こい)の丸揚げを作るのに向いていないし、すべてのものは、死後の始末まで少しは視野に入れていないといけない。

中年以後、厳密には五十歳を過ぎてから、私は主に途上国を旅行した。東欧やアフリカにいた時、私はしばしば日本を思い出し、何かの政治的理由でこの国から日本に帰れないとなったら、私は何を思うだろうか、ということに、不思議な現実感を覚えた。もし歩いてなら日本に帰ってもいいということになったら、私は今日からでも歩き出すだろう。そして数万キロの道を何年がかりかで歩き通し、家族のためにもやはり家に帰ろうとするだろう、と思った。しかし、私の家族が息子の代より若くなったら、私はもう家に帰る必要さえなくなるかもしれない。

物が多いのは、要るものと要らないものとの仕分けができていないからだ。私は昔より少しそれがうまくなった、と思ってはいる。死に際になったら、もっと瞬時にそれができるようになる筈だ。ならなくても、すべては要らないものになる、ということがわかる。

『死生論』 産経新聞出版

自分らしく生きるには

長生きを望む人々には、ぜひとも、普段の生活から真剣に生きてほしいと願います。長生きの意味するところは、麻雀やゴルフ、テレビドラマ鑑賞に明け暮れる、暇つぶしのような生活を続けたいということなのでしょうか。無論、それに生きがいを感じているのであれば否定するつもりはありません。残りの人生を懸けて、本気で麻雀やゴルフに取り組むのは素晴らしいことです。

私は今年で89歳を迎えますが、それでも本を読んで心が躍ったり、感動する瞬間があります。庭に畳一枚ほどの小松菜の畑もあります。そういうゼイタクをもう少し味わいたいので、来年くらいまで生かしておいてもらいたいな、と思いますけども。

年寄りはコロナを怖がって萎縮したり、長生きに拘泥するのではなく、むしろ、もっと自分らしく生きた方がいいのではないでしょうか。生きがいもないまま、際限なく生きるのは地獄だと思いますよ。死ぬことのできない永遠の命は最大の罰なんでしょう、多分。

若者と比べて老人は抵抗力が弱いので、コロナを過剰に恐れ、考え方が保守的になるのも分かるんです。ただ、若者と比べてこれまでたっぷりと人生を謳歌したのも事実でしょう。

今コロナの危機を叫ぶ人たちはこう主張しています。無症状の若者が出歩くことで、重症化リスクの高い高齢者にうつしてしまう。だから、不要不急の外出や県をまたいだ移動を自粛せよ、と。しかし、私は自分のような年寄りの命を絶対的に優先して、若い人たちの活動や人生を制限することには疑問を感じます。少なくとも、私自身はそれを望みません。高齢者はたとえコロナに感染しなかったとしても、残りの人生に限りがあることは間違いありません。老いも若きも全ての命は平等であるという考え方はおかしいと思います。

自らの死を意識すれば、生きることの意義が見えてくる。それぞれの生涯をきちんと生き切った上で、その意味を後世に繋いでいけばいいのです。

『週刊新潮』 新潮社 2020年9月17日号

一人暮らしになってわかったこと

私の家が冬あまりにも寒いのは、六十年近く前まだ断熱材も、床暖房もないか、私たち夫婦にお金がない時代に今の家を建てたからだ。毎年私は冬を恐れている。

体の方は毎年、前年よりさらに冬を寒くて恐ろしいものだと感じている。寒さをしのぐために、今年の冬は、スリランカやタイで過ごそうかと考えた日もあった。しかしその二、三カ月間、書くことをやめるわけにも行かない。それでやっと床暖房を付ける決心をした。

「もうすぐ死ぬのに、そんな設備をして、アホらしい」とマッサージ師さんに言ったら「もうすぐ死ぬならお金を使って死になさいよ」と言ってくれた。確かにその方が賢い人のように感じられる。

それに今、私は二匹の猫と暮らしている。牡の直助と牝の雪である。別に猫たちのために床暖房をするつもりはないのだが、猫は温かい所が好きだからついでに喜ぶだろう。

考えてみると、私は三浦朱門の死後、家の中の小物は片づけたのだが、基本的な整理はしていなかった。三浦が「物持ち」でなかったから、その必要がなかったせいでもあろうが、私の中には「散らかしっぱなしで死んでしまえばトク」という計算がなくもなかった。

十月は爽やかな季節のはずだが、私にはそんな感覚もない。ただおもしろい発見をした。

私の足の機能は年相応でそれほど悪くもないのだが、七十五歳までに両足首を折っていることでもあり、私はいつか二階への昇り降りができなくなる日を考えて、早めに簡単な昇降機をつけておいた。ただむき出しの椅子が動くだけのシステムである。それに乗って昇ると、足許を見なくていいので、二階の踊り場に開いた窓から空を見ていられる。電線も数本見えるごく普通の都会の空だが、私は窓枠に切り取られたその空を朱門の見ていた青い空だと思った。

ほんとうは朱門は一度も空など見なかっただろう。彼は足の達者な人で、昇降機を使うことを恥だと思っていたらしいし、事実そんな怠惰な装置をバカにして、一度も使ったことはなかったと思う。そして自分の足で階段を昇り降りすれば、空を見ている余裕はないはずだ。

しかし私は楽を選ぶたちだったから、よくこのエレベーターを使う。ことにまた階段で転んで足を折ったら大変だと思い（私には足の骨折の前科があるので）、物を運ぶ時には必ずこの昇降機を使った。

ある時、私はおもしろがって猫の直助を乗せてこの文明の利器の味を覚えさせた。イウカさんは「猫がエレベーターに乗って降りて来るなんて、恥ですよ」と言ったが、直助は気に入って、それ以後必ず私の膝の上に乗って階下まで降りたがった。

「猫なら途中で飛び降りなさい」と言っても、最後まで乗っている。階下に着くと私は「終点です」とお尻を押すのだが、それでもまだ膝の上から動こうとしない。動物が自分で動かなくても移動する機械をどのように楽しんでいるか、誰か研究したことがあるのだろうか。人間だけが楽しむのは狡いと思って、私は乗せてやるのだが、確かに猫の運動機能を邪魔していることだけはほんとうだ。

朱門が死んで、一人暮らしになってから、私は何でもできることを発見した。自分の収入の範囲でなら、好きなものを食べ、行きたいところへ旅をし、欲しいものを買っても誰も文句は言わない。

生前だって、朱門は私のお金の使い方に文句をつけたことはなかった。女房が、彼から見て、愚かな金の使い方をしたとしても、それはひいては「己の愚かさ」の結果なのだ、と思っていたのかもしれないが、今や私はどんな破目をはずしてもよくなったのだ。

それで、私はさし当たり猫たちに対しても、少し破目をはずすことにした。いつの間にか、二匹が夜、私の寝室に入り込み、ベッドに飛び乗っていっしょに眠るようになったことを認めてしまったのだ。

幼な友達の一人にそのことを話したら、誠実な彼女は、「私そういうの、大嫌い」ともっともな感想を述べてくれた。しかし私は、自分で自分の心を救ったり、楽しませたりする他はない。
　直助が夜、自分のヒゲで、そっと眠りかけている私の頬に顔を寄せてくれるのが嬉しい。だから私は、自分の実母が生きていても嫌がるような猫との暮らしをすることになってしまったのだと思う。

『私日記10 人生すべて道半ば』海竜社

多くのものは要らない

私は八十歳を過ぎてはっきりわかってきたことがある。人間には、それほど多くのものは要らないという実に当たり前のことだ。

気持ちよく、静かに眠れる空間と寝床。温かいお湯がいつでも出る浴室。清潔なトイレ。そして私の場合なら、体の痛みに耐えうるような姿勢で書ける執筆用の椅子と、タイプライターとしての機能にしか使わないコンピューター。それと食べたいものを買ってきて食べられる少しのお金。それだけだ。

食べ物だって、高価すぎるのも、手に入れるのが面倒くさいものも全く要らない。新鮮な生のイワシ。最近はこれが贅沢品になりつつあるが。週に一度くらいほどほどの質のステーキ肉を少々。いつもほしいのは、冷凍のシシャモ、ひじきや切り干し大根、スパゲッティをあえるためのタラコとバターくらいのものだ。それとニンニクも切らすと悲しい。私にはこの程度の料理用材料があればいい。私は必ず自分の手で料理した食事を食べている。

『不運を幸運に変える力』　河出書房新社

すべては「成り行き」

二十代に始まった私の作家としての収入は、ほとんどすべて住居の準備に使った、と言ってもあまり不正確ではないかもしれない。

私は自家用車なるものも早々に買ったが、それは実母が歩行が不自由だったので、彼女を乗せて気晴らしの小さなドライヴをするためだった。

夫の両親と同居したのは、中野に住んでいた二人を訪問するのが大変だったので、手許に来てもらえば「毎日片手間」で様子をみていられるという計算だった。私は人生のことを、小説を書くこと以外は何事も片手間でやることが好きだった。うっかり真心をこめて或ることに「仕え」たりすると、それに応えない相手に逆に怨みを持ちそうな気がしたのだ。反対に自分がそのことに真心をこめないと、自分の方が常に負い目を持って暮らす。真心をこめなければ、人を怨むこともない。だから誠実一本槍の人はおっかない、と考えるようになったのだ。

それならば何が私の生き方を決めていたかというと、それは運命であった。別の言葉で言うと「成り行き」である。私にも一応の希望や「したいこと」がある。しかし結果的に「そうなった」のは、決して自分の力ではない、という考え方であった。

『月刊WiLL』ワック　2019年8月号

一生は有限の日々の連続

私はカトリックの学校に入れられたのだが、その私立学校の偉大さは、子供の頃から私たちに「死」を教えたことであった。人間は死すべきものであった。人生は無限ではなく、有限である。人生は、明日突然、取り上げられるかもしれない有限の日々の連続である。それならば、今日、人は何をするかを自然に考えるようになるはずだ。子供に死など考えさせたくない親もいるかもしれない。しかし死を考えない人間は、完全な生を考えたりすることもないだろう。生は、死と対の観念である。だから生を知るためには死を学ばねばならない。私たちが刻々死に近づいている意識を持てば、生の重さも手応えとしてわかるだろう。しかし死への意識がなければ、生の実感もない道理だ。

私は幸いにも九十歳に近いこの年まで、重病をしなかった。病気にならないということは、自分にとってよかったというより、社会に対して非礼をはたらかなかったことにしてもらえるかもしれない。

しかしその割には、私は現実の生をうまく使い切ったとも思えない。私は終始疲れ、働くのも考えるのも嫌になり、蒲団に入って寝ることばかり考えていた。

自分の一生は一体何だったのかと思うことは永遠の知的作業だ。有意義な一生ではなかった、という自覚をもつだけでもいい。

私は一生よく働いて来た。それだけ言って終わりだ。

『月刊ＷｉＬＬ』ワック　２０１９年12月号

体調が情けない日の過ごし方

私の体調は、情けないままの一月（ひとつき）だった。来る日も来る日も何もする気にならない。おそらく心理的な長編になるだろうと思われる書き出しの部分も見えているのに、パソコンに向かう気になれない。

一日中半分寝ているので、もし立てなくなったら大変と恐ろしくなり、なあに、大学を出た二十三歳から約六十三年間、働きづめだったのだから、疲れが出て当たり前だろう、といつもの通り自分を甘やかす形の論理を頭の中でなぞったり、悪巧みだけはけっこうできるのだが、「だるい」という感覚だけは取れない。

週に一度来てくださる小林先生は、「だるい」というのはどういうことなのか、と判断をつけかねておられるらしい。血液検査だって、膠原病（こうげんびょう）（シェーグレン症候群）を示す抗体の一つの値が病的な数値を示しているだけで、後はすべて健康。往診について来られる看護婦さんの測ってくださる血圧だって、上が百二十四、下が六十八みたいな数値で、この年まで、降圧剤一つ飲んだことがないのだから、まあ始末のいい体なのだろう。こんなに塩っぱいものばかり食べているのに。

もっとも医療機関にかからないのは、実にいい気持ちで、現在の私の年としては、何も社会に協力することがないから、国民健康保険のお金を使わないようにしている気分はある。同じくらいの年の人に、「使えるものは、使わないと損よ」みたいなことを言う人がいて、その人とは仲がいいのだが、その点だけは私と気が合わない。

しかしとにかく、体の細胞も眼球もとろけるかと思うほど眠った。いくらでも眠れるのである。時々微熱があるが、それはシェーグレン症候群の一つの兆候でもあるので、全く気にかからない。ただ私は体が本調子でないと働くのが嫌なのだ。

直助と雪の二匹の猫は、夜、私が寝室に引き揚げるのが遅いと、必ずドアの外で待っているようになった。「何を遠慮してるの？　さっさと入ればいいのに」と言っても寝室の門番のような位置にいる。気温が高くなったから、ことに長毛の雪は暑いのだろう。「今度梳き鋏で少し涼しくしてあげるからね」と空約束をしているが、気候が少しでも涼しい日には、猫の毛をそぐという行為がためらわれる。

　天地創造の神様の、初期からのご計画に反するようなことをして猫が風邪を引いたらどうしようかと思うのである。

『私日記11　いいも悪いも、すべて自分のせい』海竜社

夫がいなくなってからの暮らし

二〇一六年春頃から『毎日が発見』誌に「人生最大の準備」を連載していたが、十八カ月の連載がやっと終わった。つまり、自分の死についてである。私の暮らしの実状を知っている人は「体裁がいいことを書いている割に何もしてないじゃない」と思うかもしれないし、「少しは気になっているのね」と思ってくれるかもしれない。

しかしいずれにせよ、私はここのところ、小説家としての生活以外の場では――ということは平凡な生活者としては――ずいぶんものを捨て、引き出しを片づけ、仕事の量も減らしてきた。執筆以外でやめられない執着は毎日思いつきでする料理だけである。しかしこれは、自分以外にも誰かの口に入るから満更役に立たない訳でもない。

前にも書いたが、私は夫の死の頃、台所に変形の丸いテーブルを注文していた。七人はお茶が飲める。そこに始終、イウカさんと私以外の人が来て、食事をしたりお茶を飲んだりしている。あまりお金をかけずに、いい設備をしたのである。そのテーブルの端っこに、週刊誌見開き分くらいしかない小型のテレビは置いてある。台風とか、何か特別の事故とかが起きたような場合に、ニュースを知らないままでは済まないときにはつける。

椅子は七脚あって、そのどれかに直助と雪の二匹の猫が寝ている。ここは床に暖房が入っているので、猫にとってはまことに居心地いい場所なのだ。ペットを自分の居たい場所に居させる、というのは、甘やかすことで、ほんとうはよくないのだろうが、私は今や自分にとっても便利なことだけをしている。飼い主の愚かさの典型で、私も直助と雪を、ほんとうに頭のいい、人間の言葉のわかる猫だと思っている。しかしひどい目にも遭（あ）った。

ある晩、寝入りばなに、私は顔のあたりで雪の気配を感じた。ベッドに飛び乗ってきて、私の頬を髭（ひげ）で触った。私はわざと半覚醒の状態で、雪に言ってやった。

「失礼ですが、どなたですか。お名前は？」

雪は答えずに、そのまま暫(しばら)く、私に顔をすりつけた姿勢で眠った。

これがいけなかった。夜中に私は耳が痒(かゆ)くなった。耳の一番外側にも、裏の凹みにもぶつぶつができている。蕁麻疹(じんましん)のようにも思えるが、猫の毛皮との接触がきっかけだということは明らかである。数日後に、私はホームドクターから痒み止めをもらった。

「雪にやられた」

と、私は思った。何のことはない。ペットでも夜一緒に寝たりしてはいけない、というだけのことである。けじめ、というものは大切なのだ。

どうして急に、雪の毛と触れただけで私にアレルギー反応が起きたのかわからない。つまりそれまで私は雪がかわいくて、頬ずりしたい思いでいたのだが、フロイト風に言うと、意識下では猫に執着する自分の気持ちに嫌悪を抱いていたのかもしれない。しかし私は、今や、こうあらねばならない、という生活はしないことにしている。こうしたい、ということだけをひたすらしているのだ。それが晩年の誠実というものかもしれない、と思っている。あと何年も生きる訳ではないのだし、現在の私はすでに他人に大きな損害を与えるような犯罪を犯す力もない。

月日というものは、過ぎ去ると、ほとんど意味を持たなくなる。今年も三月三日は気がつかないうちに過ぎていた。昔は、「今年も早目にお雛（ひな）さまを出そう」、というような意識や会話が家族の中であった。それはお雛さまが、生きている人のような存在だったからである。

お雛さまが古くなったから死んだのではない。私の心が老いて、部分的に死んだのである。人形も生きている、と感じられるのは、自分の生が満ちあふれている証拠だろう。それが枯渇したから、雛人形を年に一度も出さなくて平気になったのだ。

『私日記11　いいも悪いも、すべて自分のせい』　海竜社

わたしの疲れの理由

六日になってようやっと美容院に行った。暮れには家から出る暇も体力もなかったので、髪もそのまま。

気がつくと、この頃寝てばかりいる。どう自覚症状があるのかと訊かれると「だるいんです」と言っている。熱は三十七度から三十七度五分止まり。それでだるいのだろうと思う。この感覚はずっと続いていて、音楽でいうと、主題となっているメロディに当たる。だるさはどこから来るのだろう。

寝ている時は、私は充分に人間だと思う。ものも考えられるし、本も読める。テレビを見ながら、英語のわからない単語があると、すばやく電子辞書を引く。そして時々英語ができるような錯覚を覚えてトランプ大統領の『炎と怒り』というノンフィクションを読んでみたい、もしかすると読み通せるかもしれない、などと思う。しかし英語の本を売っている書店が身近にはない。

だるい理由はわかっているようにも思う。

私は大学卒業以来、約六十四年間働いた。病気をしなかったから、一月（ひとつき）と休んだことがない。毎日毎日知的作業と肉体労働の双方ですることがあって、どれもあまり嫌なことではなかったから、私は生活とはこんなものだと思い、さしたる充足感も不足感もなしに生きて来た。私の生涯はいつもかなり受け身だったが、実は受け身だとも思わなかった。誰かが生きているということは、どの場合もそんなものだろうと思っていたのだ。

つまり私は疲れて来たのだろう、と思う。六十年間のなし崩しの労働というものは、多分マラソン選手や登山家の疲労とは質が違うのだろうと思う。

それで私は、来る日も来る日も、さぼることにした。幸いにして連載も数本しかないし、高熱があるわけではないから大変快い気分で怠（なま）けていられる。本を読み、朝寝、昼寝、夕寝などをしたい時に眠り、夜も眠る。夜だけ迷わず、家庭医から出された睡眠剤を一錠飲み、テレビを見ながら眠る。ドアは細めに開けておくので、雪も直助も出入り自由だ。直助は私のふとんの足の部分に跳び乗ってそこで眠る。けっこう体重があるからすぐわかる。雪は私の枕の脇に寄り添って眠る。それで私の耳が痒くなってしまった。猫アレルギーなのだ。

　食事は毎食律儀に階下の台所に下りて行って食べるが、量は多くない。しかし私の書斎で続けられるオフィスの機能のために働いてくれる女性たちのための食事だから私は朝のうちに簡単なおかずを決める。あまりひどく手を抜きたくない。毎日の食事が健康の元だと思っている。

　その間に、一、二回に分けて小さな押入れだけ、家の片づけものをした。「だるい」という病気と「物を捨てる」病気が続いているわけだ。古い取材ノートを捨てると、気持ちのいい空間ができる。ノートは三戸浜に行った時、焚き火をして焼く。「始末」というのは静かで整ったいい言葉だ。途上国の貧しい人たちは、「始末」しようにものがない。衣服を纏(まと)った人たちの古い布は、水浴のために川に入ると、その度に少しずつ融けているようでさえある。だから彼らの古着はどれも薄くなっている。

　捨てたいのに捨てられないものは、花瓶である。私は花屋から切り花は買わない。庭に咲くものだけを生ける。小さなものはパンジーから梅の小枝までいくらでもあるし、大きなものの筆頭は、一枝二キロ半にはなるキング・プロテアの、直径二、三十センチはあるピンクの花である。この花は、ノコギリで切らねばならないし、生ける花瓶は重い鉄の塊のような花瓶でなければ、ひっくり返ってしまう。

　ある日外出用の衣類を考えてみて、ここ四年くらいは新しい服を買っていないのに気がついた。朱門の体が動かしにくくなった頃から、私はデパートにも行けなくなって、セーターくらいは通信販売で買ったこともあるが、他の服は新調しなかった。すると、何と何を合わせて着たらいいのかも忘れていた。ぼけというのは、多分「機会が減ることによって、学習を続けられなくなる結果」なのだろう。

『私日記11　いいも悪いも、すべて自分のせい』海竜社

先のことは誰にもわからない

五月中に私は徐々に、自分のねじを巻くことにした。とは言っても、無理をすることも年齢を考えると自然ではない。

それに、よく理由のない熱が出る。風邪も引いていない。お腹も不調ではない。それなのに、だるくてだるくてたまらないので、ベッドに入ってテレビなど見ていると、三十七度五分前後の熱が出ている。まるで結核みたいに、そのうちに少し眠り、寝汗をかいて眼が覚めると、熱も下がってさっぱりしている。それで夕方から夜にかけて、少し書く。

しかし先日、風邪薬をもらいに、近所の総合病院に行った時、レントゲンや血液検査をもう何年もやっていない、と告白させられたら、あらいざらい調べられて、何でもなかった。だからこの熱は、怠け熱だろう。もっとも知人の外科医のお一人は、こういうのを典型的な疲労熱というのだ、と言われた。「疲労で熱が出ますか？」と言うと「出ますよ」と納得させられたが、どうもあとで騙されているのではないか、という気もする。

　でも、私はそれほど精神的に落ち込んでいない。今私が、つまらないことなのに自分の任務と思っているのは、人に我が家の台所でご飯を食べてもらう事である。多くの人が、「いっしょにうちでご飯を食べてよ」と言えない状況にあるという。うちの中が片づいていないと思うのか、招く以上、ご馳走を出さねばならないと思うのか、めったに人を招待しない。私は家がグチャグチャでも、ご馳走がなくても平気だ。それに台所で食べるということは、料理をおいしくするのだ。サンマも焼きたて。お味噌汁も冷める心配がない。

　ちょうど朱門が最後に入院していた頃、私の家では、台所のテーブルの改装ができかけていた。もちろん朱門が死ぬとは思っていないから、私は以前より少しは広い円形の食卓を作り、家族以外の人でも、気にしない人は、誰でもそこで気軽にご飯を食べて行ってもらえるようにしていたのだ。それが私たちのこれからの老後を、賑やかにしてくれるだろう。しかしその円形のテーブルは、朱門と私の生活には間に合わなかった。


『私日記10　人生すべて道半ば』　海竜社

家の毎日を楽しくする方法

わずかに持って来たお餅でお雑煮を作り、昆布巻き、かずのこ、などを並べて型ばかりのお正月。

毎年、今年は何をしようという決心などしたことがないのは、決心しても続かないし、予測してもその通りになったことがないからだ。

ただ強いて心に決めていることと言えば、私が暮らしている東京の家の毎日の生活を、できるだけ楽しくしようということ。最近、こういうことは大変大切なことだ、と思えて来た。人が生きる時間は決まっている。その時間が楽しいか、インインメツメツかで、生きていることの意味が違う。私たちの生活は小さな幸福に支えられているわけだから、ほんのちょっと楽しくしたい。料理の手を抜かず（とは言ってもおかずは質素なものなのだけれど）、うちの中をよく片づけて、花に水をやろう。そしてできるだけ機嫌よく生きて、二十二歳の猫にも長生きをさせよう。白内障が出ているのがかわいそうだが。

『私日記2　現し世の深い音』　海竜社

「棄てる」という仕事

私は六十を過ぎた頃から、そろそろ死ぬ支度に、ものを減らそうと考えた。まず数日がかりで写真を数百枚、手書きの原稿を数万枚焼いた。人家のまばらな土地で焼いたのだが、煙で喉がおかしくなってしまった。

それ以来、新品で使わなくてすむものはすぐバザーに出す。使わないものは、もらってくださる方があれば、すぐお願いして引き取っていただく。友人の両親で新聞紙、空き瓶、空き箱などすべて棄てないで溜め込む方がいて、亡くなった時もう若くもない娘が、それを棄てるだけで、厖大なお金と体力を使った。その話を聞いて深く反省したのである。

もちろんそれでもまだ、セーターや皿小鉢など、いいと思うものがあると買い込む悪癖は残っているが、つい最近新幹線の中においてある『L&G』という雑誌の中で、中江克己氏の「歴史よもやま」という連載で「葛飾北斎はなぜ九十三回も転居したのか」という点を大変おもしろく書いておられた。

北斎は絵を描くこと以外、世事には全く関心がない。晩年は出戻りの娘と暮らしたが、この娘がまた絵描きで炊事も洗濯もしない。塵が溜まってもほったらかしだった。家に悪臭が立ち込めるようになると、北斎父娘は塵をおいたまま、必要な鍋釜だけ持って引っ越しをした。そのため北斎は九十歳で死ぬまでに、何と九十三回の引っ越しをすることになったのである。

私の知人に、仕事をやめてから、二度の勤めなど全くしようともせず、東京のマンションを売り払って、近県のすばらしい眺めの土地を広々と買って移り住んだ人がいる。

その人の夫人は当時病気がちで、家移りの支度などできなかった。引っ越し会社の広告はおしなべて、家の持主は何一つしなくても引っ越しはできるようなことをうたっているが、そんなことはあり得ない。引っ越しを契機に、ものを棄てるかどうかという選択は、当人がしなければならず、棄てると決めたものは、規則通りのやり方で決められた場所に棄てなければならない。

その夫婦が賢明だったのは、棄てるという作業を、人に押し付けたことだった。つまり自分の使いたいものだけを中から選んで新居に運び、後は不動産屋の言うなりの安い値段でマンションを売った。ただし家は「塵つき」で空け渡す、という条件であった。水道、ガス、電気、などを止めるという残務も不動産屋がする。残したものは、部屋の中で塵の山になっているだろうが、家具でも、茶碗でも、布団でも、飾り物でも、不動産屋が使うなり捨てるなり、勝手に始末する、という条件であった。それでやっと、夫婦は病気と引っ越しという危機を乗り切ったのである。

老年の仕事の一つは、いかに手廻しよく棄てるかということだ、とここのところ私は書き続けてきた。しかし北斎や私の知人のような賢い方法があると知ると、少しほっとする。

『安逸と危険の魅力』　講談社

捨てることの限界

死ぬ前には、身の回りの始末をして行くべきだ、と人は言い、私も自分は実行しているかのように言っている。

確かにピクニックに行っても、私たちは帰り際には、ゴミを拾って帰りなさい、と子供の時から教えられるのである。つまり自然が優位を占める所では、人間がそこへ行ったという痕跡を消してきなさい、ということだ。

人は常に矛盾した目的を持つ。最近、自然を保とうという運動が盛んだが、自然を保つということは、開発をしないことだ。しかし私はやはり便利さも欲しい。道路は舗装されていなければ、長雨が降り続くと移動もできないし、川に橋がなければ、向こう岸の人と遭うこともできない。

だから私たちは、同時に矛盾した二つのことを求める性格を持っているとも言える。死の前に、すべてを捨てておきたい、という思いと、それでも今日明日にも、まだ自分のけちな欲望のために、世界を拡げておきたい、物も持っていたいという意欲との間で闘うのである。
いつも私は、「捨てるのが得意なのよ」などと言っている。事実、押入れの襖が膨らみそうになるほどの物を溜めたこともないし、記念の写真や大切な手紙なども、いつか焼いてしまうのが当然と、常に心理的な始末をつけている。しかし現実に、自分が生きた痕跡さえ残さずに現世を去ることは、無理なのだ。人は生きている間は、必ず人の世話になり、迷惑もかけ、時々はその人のために働くこともできる。

『納得して死ぬという人間の務めについて』KADOKAWA

それぞれの生活にあった暮らし

私の幼い頃、東京ですら町中に平屋と呼ばれる二階のない家がたくさんあった。今のように狭い土地を有効に使って、たくさんの人間が住めるようにしなければならない、という必然がないので、平屋でたくさんだったのである。我が家もそうだったが、昔の家は「茶の間」と呼ばれる六畳なり八畳なりの部屋に、食事の時にはちゃぶ台と呼ばれる折り畳み式の脚のついたテーブルを出し、食事が終わるとそれを畳んで夜は布団を敷いて寝た。だから狭い家でも、それなりに暖かい家族の団欒を楽しむことができたのだ。

人は皆それぞれの生活の規模に合った暮らしをしなければならない。知的生活をしている人なら自宅に立派な書斎や書庫を作っても似つかわしいが、ろくろく本を読まないような人が立派な図書室を建てたら、それは見栄っぱりの証拠のようになる。

『老境の美徳』小学館

かなり幸運な暮らし

私はアフリカをかなりよく知るようになってから、人間の一生に与えられるものに関して、ずいぶん謙虚になりました。

一生の間に、ともかく雨露を凌ぐ家に住んで、毎日食べるものがあった、という生活をできたのなら、その人の人生は基本的に「成功」だと思います。もしその家に風呂やトイレがあり、健康を害するほどの暑さや寒さからも守られ、毎日乾いた布団に寝られて、ボロでもない衣服を身につけて暮らすことができ、毎日、おいしい食事をとり、戦乱に巻き込まれず、病気の時には医療を受けられるような生活ができたなら、その人の人生は地球レベルでも「かなり幸運」です。

『老いの才覚』　ベストセラーズ

わたしのある朝のはじまり

当節、私はたいていの日、朝五時台に起きる。しかし性根は怠け者だから、すぐには起き出さない。衛星放送で、外国の事件もののテレビドラマの続きを見たり、ＢＢＣとＣＮＮと、もちろん日本のニュースも見て六時半頃まで二階の寝室でぐずぐずしている。

夫の寝室は階下である、と言うが、夫は別に取り立てて病気というのではない。ただ九十歳だから、からだ全体が衰えているだけだ。去年何度か、理由なく転んだ。顔にも青痣（あおあざ）ができ、人にそのことを聞かれると、夫は嬉しそうに、「女房に殴られたんです」と答えていた。頭の内部の検査もしたが、年齢相応の軽い脳萎縮はあるものの、頭蓋骨に穴を開けて処置をしなければならないほどの病変は見当たらなかった。

しかし私はそこで、すべての生活を切り換えてしまったのだ。かつて多目的空間としてお客が来た時に通す食堂であり、テレビを置いていた居間だった一続きの二十畳以上ある部屋を夫専用の「病室」に換えてしまったのだ。広いということは、何よりの恩恵である。

その部屋に降りてくると、私の活動が始まる。

まず夫の部屋と、私たちの書斎の窓を開けて朝食の間に空気を入れ換える。その際、夫の部屋に夜通しゆるく入っていた空調も切る。私はこのごろ、電気の無駄をしない習慣をつけた。

それから門を開けに行き、ついでに新聞を取って来る。新聞は日本字のものが四紙。英字新聞が一紙である。このごろは薄いカバーに入れてあるものが多いからそれを剥いで、夫の手の届く台の上に置く。夫の朝の楽しみは新聞である。

それから台所に行って、簡単な朝御飯の支度をする。すでに紅茶のカップとソーサー、コーンフレークスかスープ用の小さな受け皿つきボウルは、スプーンなどと共に置いてある。次の食事のための食器をこうして並べて置くやり方は、修道院の習慣である。

しかし朝御飯には、いろいろなものがいる。薬を飲むための水、健康食品と言われるものの薬瓶が入った籠。私はその中に入っている薬袋から、ごくわずかの量の副腎皮質ホルモン（シェーグレン症候群の症状を緩和するため）と、一日おきに甲状腺ホルモンの薬を飲む。一日おきという飲み方が私には至難の業で、毎日カレンダーを睨まないと、今日が何日で何曜日だかわからないことがけっこうある。テーブルを汚すとすぐに拭きたがる夫のための濡れた食卓布巾。ミルクとヨーグルト、食べ残して小さなタッパーに入っている余りものも忘れずに出す。夫のための果物、コーンフレークスと砂糖と牛乳。コーヒー沸かしには三百cc分の水を入れてスイッチを入れる。コーヒーの粉は、大きな缶で買って来てあるＭＪＢである。うちには誰も「コーヒー通」がいない。お腹が空かないだけの食事があれば、文句は言わない、言わせない、という性格の家族ばかりだ。私は時々思いついたように、十二枚切りの薄いパンをキツネ色になるまで焼き、その上に（もしあれば）モッツァレラをフライパンでただ焼き目をつけただけのものを載せて食べる日は幸せに感じている。

夫は日によって温泉卵か、スペインのガスパチョ風の冷たいトマトスープを飲む。私はいくら教えられても温泉卵をうまく作れない。これは今三戸浜の家の面倒を見てくださっている佐藤さんのお手製だ。私は性格が悪くて、こういう厳密に温度の管理をしなければならないものを作る気が起きないのである。今年は家でトマトがよく採れたので、夏の間は毎日ガスパチョを作った。この夏だけの冷製野菜スープは、もともと自家風の独特のレシピでいいと言うのだが、私の家のは崩し過ぎていて、スペイン人が聞いたら、そんなものはガスパチョではないと言うだろう。生のトマト、ピーマン、キュウリ、ニンニクにトマト・ジュースと水半々ぐらいのものを足して、塩（岩塩などのいいもの）、胡椒、オリーヴオイル、黒酢、ウスターソース、タバスコを入れてミキサーにかけ、少なくとも一晩は冷蔵庫で寝かした冷たいスープだが、これを一ボール食べると、かなり円満な食材が体に入る。浮身は、ほんとうはもう少し凝るべきなのだが、私は茹で卵を切ったものを用意しておいて散らすだけだ。時期によっては、庭のパセリを切ったものもいいが、私は足がよくないので、庭に降りて転倒するのが怖い。だから入れない。つまり怠け者のくずし料理である。終わったら食器を流しに運ぶ。私の家はもう五十年も経つ古屋で、建坪も昔の家風に大きいから、私は台所を歩き廻るだけでかなり疲れる。とは言っても、お寺の庫裡(くり)みたいに広いわけではないのに、足の裏も体全体も膠原病(こうげんびょう)(シェーグレン症候群)のおかげで、痛い日が多い。主治医によると、すべてこうしたけちな主訴は膠原病のせいで、少しもおかしくはなく、心配も要らないというので、私はただ不便をかこっているだけである。ありがたいことに、今一番楽にできる労働は書くことなので、私は午前中いっぱいで毎日十〜十二、三枚は書く。

昼御飯が終わると、まるでまともな一日がこれで終わったみたいに嬉しくなり、昼寝をしに行く。たいてい三時のお茶の時に起きてきて、朱門もお茶に誘い、それから夕方まで雑事をする。ゲラ校正が、以前より早く進むようになったのも皮肉である。夜の御飯の後は、朱門のベッドの傍のソファで八時半まで本を読む。耳が聞こえないから会話はできないのだが、二人とも本を読んでいるので、それでまともな家族の暮らしをしているみたいな感じになる。八時半過ぎに、朱門の睡眠薬と飲み水と寝酒の壜が空になっていないか見極めてから、空調を寒くなりすぎないように按配して二階に寝に行く。それが最近の私の一日だ。

朱門はこうして自宅で過ごせることを喜んでいて、改めて何度か私に礼を言った。私の方からみると、理由は朱門が喜ぶからだけでもない。こんなに老人が増えると、国家がもう面倒を見切れなくなるのは、眼に見えているからだ。だから家族のいる者は、できるだけ自宅で世話をするのが当然だと思うからである。何でも国家に責任を持て、と言ってもできることとできないことが、あるのは明瞭だろう。

生活をおもしろくする魔法

私は一人で楽に家事をこなすために、徹底して整理をしてしまった。ものを少なくすれば、生活は楽になる。要らないものはできるだけ捨て、冷蔵庫の中は、すかすかで奥の壁が見えるほどにした。少人数の家では食べきれないほどのものを頂いた時には、その日のうちに、食べてくださる人に分けてもらって頂く。こうすれば、食べ物を古くしたり無駄にするものがでない。つまり私はケチなのである。小さな深いフライ鍋も買い、いつでも僅かな量の揚物をすることが億劫でないようにもした。棚の奥で寝ていたあらゆる調理用具などをすべて生かし、食器もいいものを日常に使って暮らすことにした。

生活を辛い義務と思えば辛いのだろう。しかしおもしろい、と思えばやることはいくらでもあり、うまく行った時は、かなり贅沢な思いにもなれる。義務を趣味にする魔法である。

『流行としての世紀末—昼寝するお化け 第2集』 小学館

目標を立てると静かに暮らせる

私は実際に見たことはないのだが、馬の背中からニンジンをぶらさげた竿(さお)を伸ばして、ニンジンが馬の鼻面の先にぶらさがるように調節しておく。すると馬はそのニンジンを食べようとして走るのだが、馬が走ればニンジンも先へ行くので、馬は永遠にニンジンを食べられないわけである。

これは残酷というか滑稽(こっけい)な図なので、知性のある人間のひっかかる状況ではないだろう。しかし私は自分の鼻面の先に、ほとんど口が届くことのないニンジンがぶらさがっているのをめがけて自分が走る姿を想像しても、あまり情けないとは思わないどころか、この構図を時には利用して、意志の弱い自分を走らせようと企(たくら)む方なのである。つまり私は自分一人で、悪巧みのある飼い主と愚かな馬と、双方を演じられる機能を持ちたいのである。

人間は、死の直前まで、自分を管理すべきだと私は思っている。別に偉いことをしなさい、というのではない。徐々に衰え、最後には、口もきかず、食欲も失い、ただ時間が死に向かって経っていくようになることは、自然だ。しかしどんな場合でも、できれば人は他人に迷惑をかけず、密かに静かに、死ぬという仕事を果たしたらいいと思うのである。

自然にそのような状態に移行するためには、却って日々刻々目標がいる。つまり馬が鼻先のニンジンを食べようとする、あの行動だ。少なくとも私はそうである。私はいつも分単位か時間単位か、その日一日単位かで、目標を決めることにしている。それが道徳的にいいと思っているのではない。その方が楽だからだ。漠然と時の流れに身を任せるということが、人間が小さいので、できないのである。

それは次のような感じで行われる。この飲みさしの湯飲みを流しで洗ったら、次に空になっている薬罐に水を満たしておこう。これが分単位の目標である。

次に溜まった新聞を読み、古新聞として溜めてある場所に捨てる。それから畑に出て百合の花を切り、家中の花瓶の水を換え、朽ちた花を始末して活け直す。これが大体、次の時間単位くらいの目標だ。

ほんとうにこうした計画がないと、私は暮らせない。行動が支離滅裂になって、何をしているのかわからなくなる。だからこうして計画的に家事もするのは、他人のためではない。自分のためなのである。

人の中にはいきなり死を迎える人がいる。若い時の突然死や、まだもっと生きるつもりでいた人の急死である。しかし多くの人は、予兆の中で何年かは生きる。次第次第に運動能力が弱まり、疲れ易くなって多くの仕事ができなくなる。

私が最近、お風呂に入ってから寝支度をする時、「今日はお風呂をさぼろうかなあ」と思う日があるようになったのは、まさに加齢のせいなのである。しかしその時、放っておけば、私はすぐ入浴をサボり、ついでに寝間着に着換えることさえ、さぼるようになるのではないか、と思う瞬間がある。だから仕方なく私は自分に抗（あらが）うように目標を立てる。

なぜ目標を立てるか、というと、その方が私は静かに暮らせるからである。静かに、というのは、乱れず目立たずに生きてやがて死を迎えるためだ。私は晩年の目標を、できたらひっそりと生きることにおきたい、という点にかなり心を惹かれているのをこの頃しみじみと感じる。

もし私が目標を立てずに生きていると、私は不潔になったり、病気になったり、異常にやせたり太ったり、家の中が乱雑になったりすることで、つまりはひどく目立つような存在になりそうな気がするのである。

先日二人の子供を放置して家を出て、結局子供たちを死なせた女性のマンションのベランダの光景がテレビに映し出された。今どき、あれくらいの乱雑な家はいくらでもあるのかもしれないが、ベランダはごみ捨て場だった。買って来て食べた後の弁当殻のようなものもあったように思う。食物の残りがこびりついたままの弁当殻は、夏なら腐敗して臭気を発し、やがて人の注意を惹くようになる。これも一つの目立つ理由である。

私も若い時は、結構書斎や台所を、乱雑にしておいたものだった。しかし年を取るに従って乱雑さは、体に応えるようになった。本の上に本が載っかっていると、その下にある目指す本が心理的にも取り出しにくくなる。雑物の間を歩けば、ものに躓(つまず)いて転びそうになる。その結果、狭い居住空間を広くするためにも、ものは少なくしなければならないということがわかって来る。つまり生活は単純でなければならないのだが、そのためには捨てる、並べる、分類する、というような作業が要るのである。このことがわかったのは、加齢によって極めて自然な意識の変化が生じたからである。

ごく最近、或る日私は、古今東西の哲学者も、これほどすばらしいことは考えつかなかったろうと思われるような偉大な智恵を思いついたのだ。それは一日に必ず一個、何かものを捨てれば、一年で三百六十五個の不要なものが片づく、ということだった。これを思いついた私は天才ではないか！と思ったのだが、まだ誰もホメてくれた人はいない。

しかし私は、毎日ではないにしても時々このことを思い出して実行している。一個でもものを捨てて生活を簡素化すれば、それだけ効果は出るはずだ。これを死ぬまで、一年でも十年でも続ければ、それだけ私の死後、遺品の始末をする人は楽になる。

『人生の第四楽章としての死』　徳間書店

母の思い出

私の実母が八十三歳で亡くなったのは、六畳一間の小さな離れだった。他に半畳分のキチネットと風呂場がついていた。家具としては箪笥が一棹と茶箪笥のような雑物入れがあった。この離れを私はよく「六畳一間の大邸宅」と言っていたが、亡くなった時も、彼女の所持品一切は、つまりそこに収まるだけだった。

人が死んだ時、遺族が困るのは、雑多な遺品をいかに始末するか、だと言う。私の母は、私が時々書いているように、円満な性格の人とは言い難かった。料理もお裁縫も上手だったが、性格的には癖の強い人で、私の性格の悪さは多分にこの人から受け継いだ遺伝子のせいだ、と言うことにしている。

しかし母の行動で一番みごとだったのは、死ぬ時にこれほどものを持っていなかった、ということであった。もっとも母もすんなりと身辺整理を果たしたわけではない。六十歳を過ぎて父と離婚する時には、まだけっこう物質的なものに執着していて、あの飾り棚は私が結婚する時に持って来たものだ、とか、あの大皿は母方の誰それがくれたものだ、とか言い張ることがあった。

その時、私は母を「脅迫」した。人間は自分がしたいこと（この場合は父と離婚すること）のためには、必ず代価を払わなければならない。ただで何かいい結果を期待しようと思うのは汚い。だから離婚という自由を勝ち得て、一人娘の私といっしょに住もうと思うのなら、一切のものを父の元に棄てて来ること、というのが私の条件であった。

父母が離婚した時、私は三十一歳であったが、二十三歳の時から小説を書いて原稿料をもらうようになっていたので、身一つで父と別れることになった母に対してまあまあ不自由はさせないで済むようになっていた。それで私は二メートルほどの木製で屋根のない渡り廊下で繋がる「六畳一間の大邸宅」の離れを母のために建て、母は体が不自由になるまで母家の私たちの居間でいっしょに食事を食べていた。屋根はなくても、たかが二メートルだから、豪雨の時以外、特別に雨が降っても行き来に不自由することはなかった。

『最高に笑える人生』新潮社

第 2 章

部屋にはものを置かない

年をとるとどんな部屋がよいのか

日記の書き方を少し変えざるをえなくなった。私が生活を変えたからである。朱門と私の体力が、それぞれ違った表現で、なくなって来たのである。まず朱門が、或る日から、やたらに倒れた。と言っても意識がなくなったのではなく、ばたりと倒れたのでもなく、立てなくなったのである。お風呂の中から出られなくなった日もあり、自室や廊下で転んでいた日もある。おでこをぶって、大したことではないが、血まみれになっていた時もある。

私はいつも生活に関してわりと諦めのいい性格なので、私たちは根本から生活を変えるべき時に来ているのだ、と考えた。朱門のところには二週間置きくらいに、訪問医の小林徳行先生が来てくださる。患者になった時、「私たちはもう積極的治療もしません。精密な手のかかる診断も受けません」とお伝えしてある。しかし放置するのではない。

家庭で治せる範囲の治療はこまめにお願いしている。その方が当人が楽だからだ。

小林先生は朱門の状態によって実に細かく処方を変えてくださる。しかし何があっても、「救急車を呼ばないで、自分に電話をしてください。夜中でも来ますから」とも言ってくださった。

でもできるだけこういう先生をたたき起さずに人生を終わることだ、と私は思っている。先生の言われたことの真意を、私は正確に理解しているとは思えないが、救急車を呼ぶとあらゆる救命処置をつける方向に決められてしまうからではないか、と思う。

人間将来のことを断言することはできないが、私は朱門をもう入院させる気がない。うちでできるだけ普通に生活をしてもらって、それでいつか最期がくれば、それが一番自然で明るくていいと感じている。それで私は事情が変化して数日のうちに、看護人の仕事を一番に優先することにしてしまった。

どんな人間の暮らしにでも、どんな短い時間にでも、優先順位ということは実に大切なことだ。私は長い年月、いつもほとんど自動的にこの順位を作り、それに従って生きて来た。小心者だったせいだろう。朝起きて、今日一日の生き方の順位をつければ、それで混乱しないし、退屈ということもなかった。

考えてみると、現在、連載は短いのも混ぜると、十本あった。それだけは書き続けることに体が馴れているし、書くことがあるから引き受けているのだ。それだけはしばらく続けることにして、その他のこと……対談、インタビュー、テレビなどを全部原則断ることにする。講演はもう去年から止めているから、それで何とかなるだろう。

私はまず家の中を看護し易いように変えることにした。

朱門は今まで二階の七畳半ほどの部屋を使っていて、トイレも近くにあって自分専用だった。しかし二階というものは看護人にとって不便だった。看護人の原則は、病状に悪影響が及ばない限りで、できるだけ手を抜くことだ。うちには、一階の家の中央に、何とも言えない二十五畳ほどの部屋がある。一部が食堂、一部にマッサージ・チェア、片隅に秘書の机とコンピューター用のデスクが一台、囲炉裏風のテーブルなど、つまり雑然とした空間だった。

そこをすべて朱門の居室にした。大きな食卓は、私たちの仕事場に移し、そこを秘書の部屋にした。思い掛けないことに秘書はこの「部屋移り」を喜んでくれた。前より机は広くなり、落ち着き、庭は眺められ、仕事をしながら日光浴もできる。

一方広い部屋の方にはベッドを置き、衣類を入れる籠を運び込み、午前中は朱門の動きが悪くてまた倒れる恐れもあると思われたので、歩行補助器を借りてそれを置いた。とにかく空間がなければ、朱門自身も自分で動けないし、私たちも介護をしにくい。囲炉裏風のテーブルを捨て、古い事務椅子も捨てた。

この家を建てた約三十年ほど前、この空間を二つほどの部屋に区切る意見もあった。しかし私はそれをしなかった。つまりだだっぴろい空間にしておいたのである。それが今にしてみるとほんとうによかったのである。何を犠牲にしたかと言うと、この家でお客をすることだった。私は親しい知人にお惣菜でご飯を出す趣味もあったのだが、それはこの変化を機に止めた。秘書は仕方がないとしても、外部の人間は入れない。
心置きなく、療養にだけ使う。幸い部屋は南向きだから、昼間でも暖房が要らない。庭で育てている菜っ葉畑も見える。風呂桶の倍くらいの小さな池に、こうした設備を整えている間に、野生の巨大な青鷺(あおさぎ)が図々しくやって来て、金魚を食べた。結構ドラマもあるのだ。

『私日記9 歩くことが生きること』海竜社

トイレをきれいに使うこと

私が通っていた学校では、人間が謙虚であることを教え続けていた。幼稚園の受け持ちだったその修道女は、幼稚園の掃除や片づけもするのであった。だから彼女の仕事上の基地は、いわゆる職員室のような部屋ではなく、トイレの片隅のよく整頓された空間でも良かったのである。

修道院ではトイレも子供たちの教育の場である、とはっきり意識されていたようだ。つまりそこはいつも清潔に整えられており、その整理・整頓にかかわる人は、決していやしい仕事をしているのではないことを皆がわかっているべきだ、という考え方であった。

事実、幼稚園のトイレは常に信じられないほどきれいに保たれていた。便器の周囲が濡れているようなこともなく、洗面所に石鹸粕や髪の毛が落ちていることもなかった。それは、その場をいつもきれいにしている人がいたからである。

小学校に入ると、私たちは洗面器の中に髪を散らして去るようなことをしてはいけません、と教わるのだが、幼稚園では、先生のシスターがその実践教育をした。つまり子供たちに、汚い洗面所を使わせることがないようにしたのである。

人間は不思議なもので、汚い洗面所を使い馴れると、洗面所をきれいにすることの意味もわからなくなる。しかしいつも清潔で、髪の毛一本落ちていないような洗面所を使っていれば、自分が髪の毛を落として帰るのが気になるようになり、立ち去る時に後で使う人のためにきれいに拭いて行く癖がつく。

それが教育だったのである。そのためには、幼稚園の先生であるその修道女自らが、いつも洗面器を清潔に保つために、自ら洗面所の一隅に坐っていたのである。

実は彼女が、洗面所の一隅に質素な椅子をおいて常に坐っていたのは、別の意味があるともいう。それは、生徒たちが洗面所でお喋りをしないためであった。

すべての場所は各々の目的がある。図書室は読書のため、教室は学ぶため、廊下や階段さえも、それはある目的を持った人たちが「移動」するための場所であって、生徒たちが立ち止まってお喋りをしたり、遊んだりする所ではない、とはっきり教えられた。お喋りをしていいのは、昼食の時の食堂と運動場だけだった。沈黙を守れるということは、教育を受けた人間として基本的な姿勢だということは、小学校の低学年の時からしつけられた。

幼稚園の時の受け持ちの修道女は、イギリス人だったが、彼女はいつもトイレの一隅に坐っていた。そして子供たちがトイレでお喋りをすると「シィッ」とはっきりと音を立てて私たちを叱った。

人間は誰も、その仕事をすべき場所を持っている。教室は勉強の場所、靴箱のある部屋は靴の履き替えのための場所、廊下は移動のための場所であって、その空間をほかの目的のために使うことは原則いけないとされていた。

後年になって知ったことだが、彼女はイギリスでは知的な上流家庭に育ち、現実にも高い学歴を持った人だったが、自ら望んで幼稚園生を教育する場所の周辺で働くようになった。私たちが日本で見た彼女の姿は、いつもトイレを基地として働いている「お掃除小母さん」そのものだったのである。そのような謙虚な仕事をいたします、と言ったのは彼女の意志からで、決して修道院が、個々の修道女の出身や学歴で差別してそうしているのではないのである。

労働は尊いものだ、とか、自らの手を汚して働け、というようなことは、実行しない人が言うと、ただのお説教か命令になる。

しかしそれらの行為が、人間社会にとってどんなに基本的な重要性を持ち、身分や学歴によって制度的に、そして差別的に決められるべきものではないことを知っている人ならば、そうした仕事の配分は問題にならないのである。

トイレという所は、人間の生活にとって非常に重要な場所だ。そこは常に清掃されていて、いかなる感染症の温床になってもいけない。そこは排泄や洗うという大切な行為をする場所である。だからそこでお喋りをするのは望ましくない、と私たちは厳しく教えられた。

基本的にそこには沈黙の規則があった。その場所を正しく使う行為はいいが、その場を使って、生活をだらしなくすることは許されていなかった。

生徒たちは、便器の近くを汚さないように気を使ったし、汚せばうんと低学年の子供でない限り、自分であとをきれいに拭いて出なければならない、と教えられた。次に使う人が不愉快にならないためである。髪を梳かしたら後で洗面器の中を見て、自分の髪の毛が落ちていれば、必ず拾ってきれいにして帰るのが規則であった。

洗面所が抜け毛や石鹸粕で汚れたままになっているということは、その人の品位にかかわることだ、といつの間にか私たちは教えさせられるのである。だからどんなに富裕な人でも、洗面台の周囲が不潔なままであれば、それは精神の貧困を示し、どんなに金銭的には慎ましい生活者でも、洗面台の近くがいつも整頓され、きれいに拭われていれば、それは精神的に豊かな生活をしている人だ、と思うようにしつけられたのである。

そのような時代から、もう何年経ったろう。五十年は確実に過ぎた。むしろ百年に近くなった、というべきだ。だから私がその当時受けてきた教育が、現実の生活の中で矛盾を来すものであったなら、それを感じる機会も多くあったはずなのだ。しかし私は、当時私が受けた教育が間違っていたと思ったことはない。

人間の基本はどこか同じなのだ。その成り立ちを見失わない、ということは、そんなふうにして教えられてきたのである。

『月刊WiLL』ワック　2020年10月号

日本人の空間の使い方とは

日本人の空間の使い方には、一種独得のものがある。

たとえば、ここに、典型的な、４畳半という単位の小さな部屋があるとしよう。欧米人なら今日からここで暮らしなさい、と言われたら、当惑してしまうような僅か９フィート×９フィートの空間に、人間ひとり、いや時には二人の人が暮すのである。

ことに昔の日本人にとっては、それは決して不可能な発想ではなかった。砂漠で暮らす人たちの生活には、しばしば床に敷くじゅうたん以外、家具というものがないように、日本人の４畳半にも、固定された家具が必要品とは考えられていなかったのである。

４畳半の真四角な部屋には、畳１畳分（６フィート×３フィート）の押入れがついていることが多い。通常押入れは横に棚板がついていて空間を２分する。上の段に私たちは、昼間は畳んでおき、夜になると直接畳の上に敷いて寝る布団を入れる。２人分の敷蒲団と掛蒲団や毛布、シーツ、枕などを入れるのに、この空間は充分だ。

下の段には、昔は行李と呼ばれる柳の枝で編んだ衣類入れの大きな蓋つき籠を収めた。今はプラスチックの箱がとって代わったが、行李の蓋は、その中に真綿を入れて未熟児を育てる保育器の役目もしたのである。

日本人の生活には、そもそも椅子の概念はなかった。４畳半の部屋では、座蒲団を押入れに数枚持っていれば、それを出して来て自分が座り、客にもすすめることができた。

その座蒲団は同時に、食事のテーブルにおける椅子の役目を果たした。テーブルは、ちゃぶ台と呼ばれるもので、脚がたためるようになっているのが特徴であった。だから使わない時には、それはやはり押入れの隅にたたんで入れておくことができた。

４畳半の部屋をみじめな狭い部屋と感じさせなかったからくりは、畳１畳分の押入れと並べて、私たちが床の間という名前の、わずか３フィート×３フィートの何もない空間を残したことである。

　そこに日本人はかけ軸を吊るし、花をいけた。かけ軸は季節に合った風景画のこともあれば、人生を思わす短い言葉を書いた書のこともある。その下に、日本人は花をいけた。たった一輪の花でも、その何もない空間と花は、その部屋の住人に、あたかも彼か彼女が、広々とした山野に遊んでいるような錯覚を与えるのであった。又、多くの日本人は、それだけの想像力があった。

　その空間はどんなに他の置き場として使いたくてもそれをしないのが正当であった。床の間は時には個人の美術館の役目も果たした。そこに飾られた１個の香炉、１個の花瓶、１本のかけ軸が、持ち主の美術的な眼の程度を示すからであった。

　日本の兎小屋的な狭い部屋には、本来このような応用の技術と、美術的な想像力が含まれているのである。

『日本人の心と家』読売新聞社

なぜ仕切りを作らなかったのか

作家は怠け者でもできる仕事だといわれていたが、そのことを、この年になって改めて実感した。外出が減っただけ、私は今が一生を通して一番早くたくさん書けるのである。

そして私の頭は、行動が不自由になった分だけ、まるで単純なコンピューター程度には、多くのするべき行動やその理由を、整理して組み込めるようになっていた。今度書庫に行ったら、本一冊だけではなく、午後から、いや明日書く予定の資料まであれとあれとあれを持ってくることにしよう、というように、やむなく複合的に、頭が働くようになった。

頭脳だけでなく、行動、空間、物質すべての整理で今や私は救われていた。要るものと要らないものを素早く区別し、要らないものを（物質にせよ、感情にせよ、人間関係にせよ）捨てることが私の生活を救った。私の道楽は捨てることになった。読み終わった新聞、古い雑誌などは、決められた階段下の空間にすぐ運んでおく。古い資料、頂いた手紙、その他、あまり考えずに断裁機にかけた。私はむしろ整理魔であった。

床にモノをおけば朱門の歩行に差し支える。だから家の中にはモノがあってはいけない。道場のようにがらんとしていなければならないのだ。

それに私は実生活の上で、探しものをする気力がなかった。冷蔵庫の中もますますがらがらにして、「在庫品は一目瞭然」にした。

先日も、ケアマネージャーさんのような仕事をしておられる方が家の中を見に来られて、よく病人のためにこんな広い空間を取れましたね、と言われた。「お広いお家だからこういうことが出来たんですね」とあからさまに言った人もいたが、実は朱門の現在の居場所は、もとは家族の居間と、広げれば十人が座れる食卓のある食堂であった。私は五十年前にこの家を建てる時に、できるだけ仕切りを作らなかったのである。

私はほんとうはパーティーも好きではないし、お客をするのも面倒な性格だったが、私の家では長年二、三カ月に一度会合をする必要があった。私が四十歳から八十歳まで続けることになった、海外邦人宣教者活動援助後援会（JOMAS）という組織の運営委員たち十二、三人が、二月か三月に一度我が家に集まって、この会の名が示す通り海外のどこかの拠点で働いているカトリックの神父や修道女に、集まった資金を送る相談をしていた時代もあったのである。

この会は私が一人で始めたのだが、後に私の卒業した聖心女子大学の友達たちが手伝ってくれたおかげで、後輩に譲り渡すまで実に四十年間も続いた。

その例会を我が家でしていたのは、うちで用意した質素な夕食を食べながら相談をすることで、受けた寄付の中から会合費、通信費、電話代など一切を落とさないためであった。だから私たちは年間受けただけの全額を寄付に使えた。その時の私の任務はこの部屋に十三、四人がどうにか座る場所を確保することであった。食事の内容はおでんとか、お握りと豚汁とかごく簡単なものであった。

そういう時に使っていた空間をつぶした、ということは、私はもう自宅でお客はしないということだった。私はその世界を自分で切ったのである。

私は昔から思い切りのいい性格だと言われることはあった。すべてことは過ぎ去るのだ、と聖書も書いている。

変化のない人生はない。時々の変化を自然に問うより仕方なく受け入れるのが、人並みな生活の送り方だろう。

『夫の後始末』講談社

一人で老い死ぬということ

人間、一人で死ぬことは別に気の毒でもないし、死ねば楽なのだが、社会にとっても個人にとっても問題なのは人間がなかなか死ねないことなのである。高齢な病人が、一人で暮らす時期が長く続くこともあるという覚悟が要る。

その時期、問題になるのは食べることではなく、排泄をどう解決するかということに尽きる。食事は一種の「給餌（きゅうじ）」だから、時間を限って誰かが寝たきり老人の枕もとに運ぶ体制を作れば、さして困難なことではない。しかし排泄は「時間と所かまわず」の面がある。定時に見回れば、それで解決する問題ではないのである。

一人で死ぬという人は、自分の行動が不自由になった時、汚物まみれで臭気を放ちながら生きていく覚悟ができているのだろうか。わが家の高齢者は、まだ一人でトイレに行けるからいいのだが、転んで手が不自由になっているから、食事の時よく服を汚す。しかし自分で洗濯物を洗う力はない。

私は病人のいる家庭の第一の目標を、清潔においている。衣服はボロでもいいが、体も衣類もたえず清潔で、家の中に臭気などしないことが大切だ。しかし一人で老い、病む場合、この状態を保つことはほとんど至難の業だ。
私は幸い性格がいい加減なせいか、どうしたら手抜きをしながらその目的を達せられるか、ということに情熱を燃やし、家中を整理して新しい生活態勢を作った。思い切り雑物を捨てた家の中には意外な空間ができ、行動の不自由な人が楽に歩けるようになった。一番広い居間兼食堂だった部屋を病室に変え、そこは人を通さない気楽な空間にした。寝具も洗えるものばかりにし、布団ごと気楽に洗っているから病人臭も残らない。しかも台所に近いから、家中の雑音や家族の声も聞こえる。なにより自分の家で、食べなれたものを食べ、好きな本を身近において、周りで家族が勝手なことを言っているのが聞こえている日常性が大切だと思っている。

『人生の醍醐味』　扶桑社

なぜ狭い部屋がよいのか

　著述業を生業とする人の生活は、私たちの頭の中にあるサラリーマンの暮らしと、大分違っているように見える。出勤するオフィスを持つ人たちは、大体、日課とする生活のパターンを持っている。サラリーマンの出勤というものだ。

　サラリーマン当事者にとって確かに出勤は快いものではないだろう。私は昔も今も、三浦半島に縁があって、子供の時には両親に連れられて、葉山で一夏部屋を借りて過ごしたりした。戦前の日本は冷暖房の設備もほとんどなくて、夏は団扇(うちわ)だけ、冬もせいぜいで練炭火鉢と炬燵(こたつ)だけという家が多かった。我が家がその典型だったが、冬でも外気と室内を隔てるものは障子紙一枚、という家屋の構造も多かったのである。

　あまりにも狭い生活空間を、少し拡げようという発想はそのうちに出てきた。日本の生活で愛用された四畳半の部屋を、戦後しばらく経ってから外国人が見たら、あまりの狭さに驚いただろうけれど、その省エネ感覚は驚くべき先見性を備えていた。後年私たちがエネルギー危機というものを体験することになった時にそれがよくわかった。

永井荷風の作と伝えられた『四畳半襖（ふすま）の下張（したばり）』という作品は、昔待合だったといわれる古家を買い取った作家が、襖の下張りに使われていた古紙から、当時の性行為の実情を知るというシチュエーションだが、天蓋つきのダブルベッドが二台並んでいるような「広大な」寝室を使うのに馴れた外国人は、四畳半の狭さを評価するかどうかわからない。我が家で飼っている駄猫共は、明らかに、広い空間より狭い隙間が好きで、訓練次第でその性癖が治るとも思われないが……。

あの頃の日本には、断熱という機能を暖房にも使う思想はあまりなかった。考えてみれば、毛のシャツも、どてらも、すべて断熱の原理を使っているものだったが、一人の人間のぐるりを最小限の断熱空間にして、時には懐炉（かいろ）などの小さな発熱体を利用して、その人の体温を、外側の衣服で閉じこめたものだった。つまり公衆電話ボックスを保温室にしたのと同じ程度の狭さであった。貧乏な時代の日本人は頭がよくて極限の省エネの方法を知っていたことになる。

　昔の人は、よく、四畳半くらいの部屋に通されると「静かで落ちつくねえ」とか「こういう部屋なら物事もよく考えられるだろうね」とか言ったものだった。お殿さま、と言われるような人たちのことは知らないけれど、庶民の暮らしで通される最大に広い部屋は、普通せいぜいで十二畳であった。一族が大勢で集まる時には八畳の部屋を二つないしは四つ障子や襖をはずして「ぶちぬく」ことで大広間を作る。しかしそんなことのできる家は地方の旧家くらいのものだった。

　私の中にも（下らない内容であろうと）思考を可能にする空間は狭い方がいい、という抜きがたい感覚がある。多分それが、平均的な日本人ではないかと思うが、考えるとおかしなものである。

『波』新潮社　２０１９年11月号

それぞれの家族の暮らし方

現代のどの家にも、かつてなかったような異変が起きることはある。しかしそれに耐える力も与えられて、私たちは生きて来たのだ。そのことを自覚し、再確認する学習を私たちは怠っているような気がする。

夫の最後の入院は、たった八日間であった。長患いをして、一年も二年も入退院を繰り返したというご家族もあることを思えば、それは家族にとって楽な看取りとも言えた。期間が短かったから、私は思う存分夫についていることができたし、或る朝早くに訪れた臨終に自然に立ち合うこともできた。夫は最期の病気になってから、いつでも私が近くにいることを好んだ。

まだ入院する前、毎晩夕食を済ますと、夫は車椅子で自分のベッドに戻った。食欲はもうずっと以前からなくなっていたが、それでも夫は台所の食卓に、私たちと着くことを好んだ。

食事というものは、物を食べることを意味するのではなく、お互いに顔を合わせ、くだらないことを語り、その存在を意識し合うことだということは、夫の最期の一、二カ月の暮らし方でもわかる。もっとも夫は、もうその頃は、あまり語ることもしなかったが、食卓にいることは楽しそうだったのである。

夫が自分のベッドに戻ると、私は同じ部屋にあるソファに座って、数時間を過ごした。別に、取り立てて何か話すのでもなかった。夫は、読書らしいものを続け、私は日によって、本を読む日もあれば、おもしろい番組があると、近くに置いたテレビを見て過ごした。夫はテレビというものを普段からほとんど見ない人だった。

ベッドとソファの距離は、三メートルくらいなものである。夫は耳が遠いから、それだけでも離れると、もう普通の会話はできなかった。しかし夫は、その時間が非常に好きなようだった。その時間をまともに過ごすと、八時半から九時の間に、私は睡眠薬を持って行く。布団の肩を叩きながら、「お薬、置きましたからね」と言うと、非常に満足そうに「うん」と言うのである。

「じゃ、おやすみなさいね」と決まり文句の挨拶をすると、「うん、おやすみ」

と言う返事が明るいので、その一、二時間が夫にとっては大切なものだったということがわかった。何をしたのでもない。ただ近くに二人でいただけである。

家族の暮らし方というものは、家によってさまざまで、家族内でトランプをしたり、麻雀を楽しんだりする人もいるというが、我が家では若い時から、全くそういう空気がなかった。我が家ではとにかく喋ることが、生活であり、娯楽であり、存在の証だった。

私はカトリックなのだが、教会では、しばしばミサ聖祭の中で、司祭から受け取る小さなパンを食べる。それをコムニオン（聖体拝領）というが、共食の意味でもある。

カトリックでは、それは聖なる変化を遂げたキリストの体を頂く事であり、私たちはそれを口にすることで、キリストと一体になるという象徴的体験をする。

コムニオンは英語の字引を引くと、「交際、親密、心の交流、共有」などという意味でもある。私たちがごく一般的に使うコミュニティ（社会、生活共同体）という言葉も同じ語源から出たのである。

私たちは日々、眠る場所を与えられ、体や衣服を洗う場所があり、勉強する空間、働く組織、休む部屋などがあれば生きていけるように思うが、しかし心を生かすのは、そうした物理的空間だけではなく、物質的な衣食住の条件だけでもない。

家族でも、共同生活者でもいいのだが、精神的に共同生活を営む存在が共にいる、ということである。

そうした共同生活の実感は、家のどこにでもある。当節はいつもお母さんがダイニング・キッチンにいるから、そこにこそ、心の繋がりがあると感じる人は多いだろう。

家の建て方にしても、今の新しい家の流しは、対面式になっている。昔の台所の流しは、必ず壁か窓の方に向いていたものだったが、今では逆に家族のいる方角を見ながら主婦が調理や後片づけをできるようになっているから、家族はいつも一家の主婦の視線の中で暮らす。

それを煩わしいという人もいるかもしれないが、私たちの心には、いつも誰かに見守られていたいという気分もあるから、私は最近の配置に賛成だ。

どうでもいいことだけれど、私の家はもう五十年ほど前に建てた古い家なので、流しはやはり窓に向いて設置されている。

しかし私は、その台所に一度に七人くらいは食事ができる、作り付けのテーブルを置いていた。

実はテーブルは、以前はあまり大きくなかったのだが、ちょうど夫の悪くなる頃、私はテーブルだけ新しく広々とすることを思いついて、出入りの大工さんに頼んだのである。

ところがおもしろいことに、このテーブルはたいして凝った作りでもなく、ただ主な部分が丸いだけなのだが、取り付けた人が新米だったらしく、テーブル面は反り返り、脚の長さが少し狂っていたので、上に置いた丸いお箸がころころ落ちて来るような仕上がりになってしまった。

もちろん大工さんは恐縮し、すぐに作り直します、と言ってくれ、私たちはおよそこの世にないような傾いたテーブルを数週間、我慢して使う破目になったのである。

位置によっては、置いた湯飲みやティーカップがずるずると落ちそうになる、というので、私たちが手で押さえていたこともある。

しかし、夫の病状が、あまり希望的でない時に、この奇天烈なテーブルが一種の笑いを誘ってくれたことは、私にとっては救いであった。

『人間にとって病いとは何か』　幻冬舎

身軽な人生

最近、私の体験した生活上の変化は、誰にでもあるものだが、夫が亡くなったことである。長患いもしなかった。最期、苦しみもしなかった。周囲の人たちが、みな私を助けてくれた。

だから彼は一年一ヶ月の最期の時期を希望通り家で過ごし、九十一歳の誕生日を数日過ぎて、意識がなくなった後のほぼ一週間だけを、病院で楽に過ごさせてもらった。

入院時にすでに回復不能な肺炎だったが、特に積極的な治療はせず、ただ呼吸が楽になるような処置だけが施されたように見えた。

私の家では、カトリックの神父に、うちで葬儀のミサを立てて頂くことはしたが、社会的に広い斎場を借りて、みなさんにお出で頂くような葬儀の場を設けなかった。それが夫と私の好みであった。死者が生者の生活の邪魔をしてはいけない、という思いを夫もよく口にしていたからである。

だから私は多分他家がお葬式を出す場合の、故人の妻のような疲れ方をしなくて済んだと思うのだが、それでも夫の死後、四カ月を過ぎた頃、私はどれだけ眠ってもまだ眠いのを感じた。

私たちは結婚して六十三年近くも一緒に暮らした。ほとんどあらゆることを語ったような意識もある。だから最期の入院の時、救急センターの呼吸器科の女医さんが、「もう後数十分でお話ができなくなると思いますから、今のうちにお話しになることはなさっておいてください」と言われた時、私は思わず笑い出し、「うちは六十年以上喋りに喋りましたから、今さら話すことはないんです」などと言ってしまった。

身軽、ということはどんな時でも大切なことだ、と私は思う。この場合、夫と私との身軽な関係というのは、すべてを語り、聞き残したこともなく、借金も金の延べ棒の山も残さず、というようなことだったような気がする。

この一見当たりまえの単純な人生の結果が、つまり身軽な人生なのだ。

私は体育会系の訓練を何一つしないまま、中年になった。そして五十三歳の時、友人たちと初めてサハラ砂漠縦断の旅に出た。

本当の目的は、自動車で一三八〇キロ、水とガソリンの補給の利かない砂漠の深奥部を抜けることだったが、その前に北部の岩の荒野を、一日に二十キロ歩いて、古い洞窟に残された岩絵を見に行く計画もあった。車で行けばいいのに、という人もいたが、つまりそのあたりには、全く自動車道路がなかったのである。

私は同行者に「歩けるでしょう」という口約束だけして出発した。リュックはごく軽くした。それでも、五キロほど行くと、私は背中の荷物を重く感じるようになった。

仲間の一人に、大学時代、冒険部だか探検部だかにいた体力のある人がいた。その人は私のリュックをさっさと自分のリュックに入れてくれて、私は空身になった。すると、とたんに私はすたすたと歩けるようになり、めったにない体験ながら、二十キロをどうやら歩き通した。

大抵の人が、私同様、体力がない。だから、重いものを持っては人生を歩けないのだ。

　世の中の「おばさん」族と言われる女性たちが、中年の或る年から、急に「鰐革（わにがわ）のハンドバッグなんかとても持てないわ」と言うようになる。立派で見場がいいし、丈夫でもあるのだが、鰐革は重いのだ。その点、布やビニール系の安っぽい素材で作ったものは軽くて、ハンドバッグそのものが目的とする機能をきちんと果たす。

　人生は、サハラの道のない北部砂漠より、はるかに長い。それをとにかく歩いていかねばならない。だから身軽が最高の条件だということを知るのは、かなり高齢になってからである。

　何よりも、たいていの人たちは、食欲に任せてたくさん食べる。そして太る。私も六十歳くらいの時、四、五十歳の時より、確実に十五キロ太っていた。今は元に戻ったが、それは食欲が自然に減ったからである。

　しかし肥満よりも恐ろしいのは、私たちが青春から中年にかけて、自分がいつか必ず行動の不自由な老齢に達し、それから当然の経緯としていつかは死ぬのだということを忘れて、生活の荷物を増やすことを恐れないことである。

それも当然なのだ。私も子供の時、一人娘だというので、親に雛（ひな）道具を買ってもらった。父は凝り性だったので、お雛さまだけでなく、蒔絵（まきえ）の雛道具を少しずつ買い集め、一種のドールハウスを作った。

それは今ではもう作る人もいなくなった職人芸だから、私は大切に保存しているが、その雛道具はここのところ、十年以上も飾られないまま、私の家の納戸と呼ばれる部屋に積まれている。今、多くの人が、お雛さまなど飾って楽しむことをしなくなったのだ。若い人たちは、それよりもっと楽しいことを発見している。

私はスポーツの才能がなかったから、ゴルフやスキーはもちろん、テニスさえしなかった。そのおかげで使われなくなったゴルフ道具、古いスキー、ラケットなどが、納屋に放り込まれているということもない。私の性癖が偶然、幸いしたのだ。

自分を含めて、さまざまな人生を見ていると、幸運にも順調な人生を送った人は、誰もが似たようなものの増やし方をする。私の時代には三、四十代で着物を着るようになる。二十代より少し太ると、和服の方が欠点を隠せるような気がするのだ。

私は着物道楽はあまりしなかったが、同じ頃、食器に凝るようになった。骨董ではなくて、古道具の類なのだが、明治、大正、昭和の初期のものでも、現代の陶器にはない魅力がある。それで少しずつそういうものを買い集めた。そして毎日、それを使って食事をした。ぶり大根でも、里芋の煮っ転がしでも、少し古い陶器に盛って食卓に出すと楽しさが違った。

世間で、一応幸運でもあり、勤勉でお金の使い道を誤らなかったと言われる人たちは、六十代でセカンド・ホームに手を出す。海辺か山のどちらかだ。

私は若い時から、東南アジアのあの暑さに惹かれていた。だから例にもれず六十歳の頃、シンガポールにしては珍しい木立の中にある古いマンションを買って、約二十年間よく使った。そのマンションを売ったのは、私がそのマンションを充分に使い切る体力を失った八十代の初めである。

七十代から八十代あたりに、人生の山が来る。登り切って息が続かなくなる。そこで人は山を降りる算段をする。私もその典型だった。

ただありがたいことに、別荘を買うという人並みの道楽のおかげで、私はシンガポールでアジア人の混成した暮らしを体験したし、少し英語の本も読んだ。いい勉強であった。

思い出はいいことずくめだが、私はそのマンションを人手に渡すことになった時、一度も惜しいとは思わなかった。私はもう充分、その家から与えてもらったのだ。

旅に出ると、人はどうしても途中で荷物を増やす。おみやげ屋に寄ったり、寒いからと言ってセーターを買ったりする。人生の旅でも同じようなことをする。それも仕方がない。それが生きることなのだから。しかし、あまり増やし過ぎない方がいい。

『人間にとって病いとは何か』　幻冬舎

第 3 章

家にはなにも
残さない

暮らしやすい家の条件

私が現在住んでいる家は、五十年近く前に建てた木造家屋で、当時私たち夫婦が知り合いだった町の大工さんが建ててくれたものだった。当時のことだから、断熱材などというものはいっていない。町家を建てる人たちの常識の中に、壁や屋根裏に断熱材を入れるなどという発想が全くなかった時代のように記憶する。

その前に、実はこれも知り合いの建築家に設計を頼んだのだが、最初の設計の段階で私はついていけなくなった。つまり人のための家ではなくて、建築のための家だったからである。私の家は当時、私の母が離れを作って同居する予定だったし、この家そのものは、私たちの仕事場でもあり、接客のオフィスでもあり、秘書の事務室でもあり、私は子育てをしながら小説を書くという状態のために、お手伝いさんも同居するから、彼女のための個室も必要、という会社と住居が一緒になったような雑多な目的を持っていたせいもある。この点は今も変わらない。

初めて建てる自分の家だったから、私には少し夢があってもよかったと思うのだが、私は精神的にも経済的にも、美的な感覚の部分にまで気を廻す余裕はなかった。私にとって大切だったのは、仕事関係の人たちの出入りする場所と、私たちの書斎と、純粋に母や子供の生活する空間とを、お互いに差し障りないようにどううまく繋げ、かつ切り離すか、ということだけだった。

結局その時、私は自分で平面図を作った。大工さん自身は私たちより少し年上だったが、身内に一級建築士の資格を持つ人がいて、彼が強度計算などをしてくれたのだったと思う。

それだけに、変なところに大黒柱とも言えないような醜い柱が残って、幼い時に息子はいつもそこを猿のように昇り降りして遊んでいた。上坂冬子さんが遊びに来た時も、さっそくその唯一のお得意の技をご披露した。すると上坂さんは「あんたんちの息子、これ以外に何か他の芸はないの？」と言った。

面積や予算の関係で切り詰めねばならなかった二階への階段が急だったこと

は、今でも祟っている。私はこの年までまだ二階にある寝室を使っているのだが、体力がいつまで続くかと思ったり、二度も骨折をした足がまだどうやら使い物になっているのは、この二階への階段のおかげだと思うことにしたりしているのである。

決して洗練された家にはならなかったのだが、私はこの住処に、今でも一応満足している。それは私たちが年を取って初めてわかったことなのだが、私たちは偶然、住まいの根本的な条件の一つを守っていたからである。それは人の住む場所は、家の内外共に平らであることが、平凡だが最も望ましい、という基本条件であった。

この点では、私が母から受け継いだおかしな勘のようなものが働いたのかもしれない。母は若い時、葛飾区の父の勤務先でもあった工場の近くに住み、私がまだ記憶も定かでない三歳か四歳の頃に、当時まだ「売り出し中」が続いていた田園調布という「郊外の新開地」の宅地を買って引っ越して来た。当時の田園調布は、麦畑だった傾斜地に造成された「英国風」の町だということになっていた。何が英国風かというと、駅から放射線状に道が作られているのが新しい感覚だということなのだろう。

母は土地を選ぶ時、電車の音が煩くてもいいから、駅から近い区画を選んで買ったと言っていた。母は中年にチブスに罹った後、ひどく太ったので、駅から近いということは、「桐下駄の歯の減りを少なくするためにも」大切な条件だったというのである。

当時は呑気な時代で、住宅地は売り出しから十年以上経っていても、まだあちこちに売れ残りの区画があった。土地の値段も安かったから、敷地も最低百五十坪から、五百坪もあるような区画もあり、私の家は二百坪ちょっとだった。駅からの道はまだ砂利道で、私の記憶の中では人力車が駅前に待っていた。

後年母は、「高台で眺めの良い土地に住んでいらっしゃるお宅に伺うと、ちょっと羨ましい」というようなことを言った。そしてなぜだかわからないけど、自分はどうしても平らな土地にばかり住む運命になるのだ、と呟いた。私は当時はまだあまり住居に関心がなかったから、母の言葉を聞き流していた。

私の家から駅までが微かな坂道だということに私が気づいたのは、実は私が六十歳を過ぎてからである。或る日そのことを夫に言うと、夫は私の鈍感さに驚いたような表情を見せた。

「そうだよ。歩けばわかるじゃないか」

私はずっと平坦な道だと思っていたのだから、少なくとも心臓に問題はなかったのだろう。

人間の住処は平坦なところがいい、ということは、年を取るにしたがって明らかになった。距離はあっても、平坦ならなんとか使える。もっとも私の家の敷地もなだらかなかつての麦畑の中の一区画なのだから、門から玄関までにほんの五段ほどの階段は登らねばならなかった。中年からどこへ行くのもタクシーだった上坂冬子さんを食事に呼んだら、「あなたの家は階段があるから行けない」と言う。私は「え?」という感じだった。この五段の階段は、確かに問題でなくはなかった。私は二度も足を折ったので、その都度病院から帰宅した時には一種の難関だったのだ。しかし私は後ろ向きに階段に腰掛けるようにして一段ずつあがって行き、無事に独力で家の中に入ったからそれで済んだのである。

　私の二本目の足の骨折はかなり重症だったので、私は退院後も家の中で車椅子を使ったが、敷居もない洋室ばかりで家中平らだったから、誰の手も借りなくて済んだ。二階に寝に行くことだけはさっさと諦め、退院後は階下の書斎の一隅にあった木製のベンチに寝ることにした。トイレの前まで自分で車椅子を「漕いで」行くと、中には一本目の骨折の時に設備した手すりができていたので、そこでも誰の世話にもならなくて済んだ。私は自分の身に起きたことをあまり重大とは思わないたちだったので、家の構造はほとんど私の意識の中に残らずに済んだ。それがいい家の条件かもしれない、とさえ思わなかった。

　それから数年経って、私の知人が入院し、二カ月ほどで退院する時、私の秘書が偶然同じ町に住んでおり、多分タクシーよりもよく道を知っているからという理由で、彼女が自分の車で知人を家まで送って行くことになった。病人は手術後で体力が衰えており、当分車椅子の暮らしをしなければならなかった。

秘書は私の退院後の生活を見ていたので、同じような年頃の人は、大体私と同程度に暮らせると思っていたらしい。しかし送って行ってほんの三十分ほど様子を見ただけで、秘書は心を痛めて帰って来た。

もちろんヘルパーさんは待機していたが、知人の家はしゃれたデザインで、広々とした居間とキッチンを中心に、あちこちに設計上では不要、デザイン上では必要、と思われる段差がついていた。パーティーの時などに若い人たちが、そうした階段上の所に座って談笑している写真をその頃、時々見ることがあった。我が家は平らなだけで、何とデザイン性に欠けた家か、と秘書はその時改めて思ったことだろうが、老年の暮らしには、とにかく高低差のないことが、生活の基本条件だったのである。

この家を建てた頃、私は小説が少し売れるようになっていたのだが、仕事の量は当時の私の能力には少し過重だった。日本の作家は、いい悪いは別として、そうした過酷な時期を越さないことには、プロの作家として認められないようなところはある。

とにかく、私は家のことなどに心を向ける余裕がなかった。夫もそういうことにかなり無関心な人だったから、壁の材料だけやっと決めると、今度は天井に貼る材質とデザインも決めてくださいなどと言われると、自分のことなのに、明らかに面倒臭そうな顔をした。

私たちは疲れ果てていたのだ。夫が「天井は壁と同じものでいいです」と言った時、私は夫の気持ちがよくわかった。二人共、家を建てることを楽しみと思う余裕が全くなくなっていたので、細部はどうにでもしてくれ、という感じになってしまっていたのだ。

壁は檜の無垢に見える板を選んだが、実は無垢ではなくうまくできたベニヤ板で、何の変哲も無いけれど少なくとも煩わしくはないだろうという意味で、私たちは穏当な選択をできたと思っていた。だから天井もそれでいい、と夫は他の見本を見ることもしなかったのだ。家ができてしばらく経ってからやって来た一人の客が、もちろんほめ言葉のつもりだろうが、「木のいい香りがしますなあ」と言ってから、「何だか道場のような感じですね」と言ったのを私はよく覚えている。「お風呂みたいな部屋ですね」と言われても、多分私は喜んだに違いない。

家の中に段差があるということは、実は高齢者にとって大きな問題なのだ。そんなことが当時は問題にもならなかったのは、昔は人間はそんなに長生きしないものだという暗黙の概念があったし、今の私たちのように八十代でも京都・大阪まで日帰りで行ったりするような行動半径がなかったからだろう。ビルだってそんなに高いものはなかったし、デパートを除けば、普通の人はやたらに高層ビルに入る理由も機会もなかったのだ。つまり庶民生活の中では階段を登るのはせいぜいで二階か三階までだった。

反面、当時の人が皆八十代まで生きていたら、私たちよりはるかに鍛えた足腰をしていたに違いない。自家用車などというものは、私の子供時代には、公家華族か財閥のお屋敷にしかないものだった。

私の知人が、静岡県下の景色のいい土地に住んでいる。彼女の家に行く電車の中から見る光景はどこも絵になるような土地ばかりである。駅前からすぐ情緒ある坂道が続いており、それが桜並木で包まれていたり、振り返れば青い海や岬が見えたりする。

私がああいう土地に住んでみたいというと、知人は首を振った。

「だめですよ。年を取ったら、ああいう所は大変なんです。私、お料理好きですからね、時々うちで椎茸だの里芋だの煮て、二、三軒先の知人の家に届けようと思うことがあるんです。でもその十メートル、二十メートルほどが坂ですからね。知人の家だって道に面した門からさらに十段くらい階段があって、それを登ったところが玄関なんです。今どきの家はどこも、車の置き場作らなきゃならないですからね。そういう構造になるんでしょうね」

地方都市で、この坂の原理を無視して住宅地を作って、失敗しているところは多い。

若い時は、雛壇式の丘の上の住宅地は魅力的である。隣家との高低の差が、日差しも独立性も眺めも確保してくれる。しかし町の変遷を見ていると、まず若い世代が不便な丘の上の我が家を捨てて町中に引っ越すようになり、残された老世代は、家族に誰も運転する人がいなくなると、買い物にも不自由するようになって、やがて住めなくなる。最近では協同組合などが配達の仕組みを考えるようになったし、外国では小さなおもちゃのヘリコプターが、「ご注文の品を届けます」という所もあるそうだ。しかし老人の外出は、若い時に思うほど簡単ではない。

この「高台はだめ」、という原則は墓地にも当てはまる。私のように足に故障がでると、高い所にあるお墓にはまず参りにくくなる。坂を下るのが怖くなるのである。墓地を買うなら、すぐ前に車を停められるような土地がいい。そのかわり、そういうお墓はお参りの間中、猛烈な藪蚊に襲われる。

私たちが、忙しさに取り紛れて、情緒や美的な嗜好を無視した家を作ったことは、結果的に同居した三人の親たち（私の実母と夫の両親）の老後にも役立った。どこもかしこも平らな上に、私が家の軒の寸法だけは長いのが好きだったので（まるで睫毛（まつげ）の長い美女のように）、普通の家よりぐるりの庇（ひさし）の長さを長くしてあった。ほんとうは、天井の高い家も好きだったのだが（背の高い少女のように)、それは費用の関係で諦めた。しかし文字通り軒を接して建っている親の家とは、長い庇のおかげで、かなりの雨の日でも傘をささずに行き来できた。

私は他にも自分が母と共に過ごした年月に実感した好みを入れた。一つの部屋に二面以上の開口部を設けたのである。一方だけの窓では風が抜けない。風通しが悪いのは、暗いとか黴(かび)が生えやすいとかいうことだけではなく、精神にも影響すると母はよく言っていた。明るさも必要だが、何よりも外と通じている感覚が大切だ、というのである。生活が社会と繋がっているか、違った人の意見と始終触れているか、解釈はどちらでもいいのだが、暗い空気の淀んだ空間にうずくまって、自分の考えと姿勢に凝り固まることを恐れたのだろう。もっとも二面に開口部を設けると、書棚や押入れを作る場所はてきめんに減って、これは困ったことだった。

結果的に私は南と西に窓が開いている部屋を私の居場所にした。私は冬の日差しの短い季節に寂しく感じることが多かったので、西日が一分でも長く当たる場所を動物的に選んだのだ。運命は公平なものだ、そのおかげで夏はすさまじい暑さに見舞われるから、私は階下に退避して電気料金を節約する。

その他に、今でも成功だったと思うことはある。私は台所に接して、細長い三畳ほどの食料品置き場を作った。ここは窓なし。しかし段差がないので老人がスリッパのまま入れる。左右の棚が緊急用も兼ねた備蓄食品の置き場である。その他に洗濯機を置く作業場の一部に、北向きの寒い土間を残した。漬け物やビールや味噌のように、たとえ一週間でも寒さを好む食品もある。そこに一目で保有量が見えるような棚を置いた。

私は洗濯物を干す場所にも気を使った。干場はすべて洗濯機の近くで、家の中から手を出すだけで済む長い庇の下である。履物を換える必要もない。履き替えが転倒の大きな原因なのである。洗濯物の量が多い時には北向きの土間も使うが、最後には必ず自然の日を受ける軒先を使って、洗濯物をじかに太陽の光に当てて取り込めるようにした。日の匂いはいいものである。そのおかげで、乾燥機というものを使わずに済んだのである。

しかし夫に言わせると、私たちの家の最大の成功は、コンクリートの家を作らなかったことだという。明日にも東京に大地震が来れば、木造の家はあっさりと焼けてしまうかもしれないのだが、夫はまもなく私たちの死と共にこの家を壊す日のことを考えているのであった。今のビルは、コンクリートでも、意外と簡単に「撤去」することが可能なようになっているという。しかしそれでもコンクリートの構造物と木造の家とでは、壊すための費用が違う。木造の家は三日もあれば跡形もなくなる。

既に私たちは、木と布と一部化繊と紙とスレートと小さな金属片だけで作った家を、約半世紀も使った。最近のプレハブの家の明るさ快適さと、何よりしゃれた細部を見て、私も時々家を建て替えたいと瞬間的に思ったことは何度もあるのだが、夫はこの古家を五十年以上使い込み、私たちの死後に倒壊寸前で壊せば、それが一番無駄でないのだという。

人の生涯と家の痕跡は、共に使い尽くして軽やかに消えるのが願わしい姿だろう。

『人間の愚かさについて』新潮社

自分が置かれている状況を土台とする

私は時々動物園の檻の中の動物の境遇をかわいそうに思うが、彼らは本来生きていた自然の中でも、外敵から逃れるために闘っていただろうし、自分を襲う敵もいず、餌も充分に与えられる動物園の中でも、それなりに心理的ストレスと折り合っていかねばならないだろう。

自分が今置かれている境遇を嘆くことは、それ自体虚しいことなのかもしれない。今の現実から逃れるのではなく、現実を土台として出発することが必要なのだから。

家を一軒建てたことのある人なら、初めから設計することのむずかしさを知っただろう。そんな経験がなくても、改築なら確実に効果が出る方法を私たちは知っている。人間の行動は、すべて一歩前進なのだ。少なくとも私には、今世紀の終わりくらいまでの家なら空想できるかもしれないが、来世紀の家を設計することはできない。「空飛ぶ自家用車」や「服のまま入ると、体と服と同時に洗える浴室の装置」くらいは考えがつくが、それらの道具の現実的設置に関わると、必ずと言っていいほど、細部の配慮ができないだろう。

私たちは必ず、現在を基本にする。今までに失敗した点を訂正し、半歩か一歩だけ前進する。前進や改良という行為のためには、現在の失敗が必要だということになる。

とすれば、私たちはいつも、まともに現在の失敗を受けとめることが成功のもと、ということになる。今さら「失敗は成功のもと」などと言う気はないが、それが現実なのであろう。

『人間にとって病いとは何か』　幻冬舎

先を予測する家づくり

私は最近、自分の現在や将来の生き方をほとんど考えなくなった。八十代の後半なのだから、当然のことといえばそうなのだが、五十パーセントは、私の性格にも関係がある。若い頃は、私も少しは計画を立てたものだった。

ずっと古い家に住んでいて、今では築六十年前後になる。この住居をいつ新しくするか、ということは、長い年月時々わが家の話題になった。ほかに私たちの親三人と同居していたし、地方の大学に通っていた息子の本拠はどうなるか、とかそんなことである。

同居して居た実母は八十三歳で亡くなったのだが、その母が五十歳になった頃、私は家を新築するどころか、家中と玄関の外まわりにも手すりをつけた。その頃の母の数少ない友人がわが家を訪ねてきてくれるのはほんとうにありがたいことだったが、その人々の足元が次第におぼつかなくなる日は目に見えていた。それでも訪ねてきてほしかったので、こういう安全のための設備が要るかと思うようになったのである。

それから十年、二十年の年月の間は手すりはあまり使われなかった。しかし私自身が六十三歳で足の踵の骨を折ると、それからは用心のために手すりに手をそえるようになった。再び足を折って入院すると、世の中に申し訳なく、家庭の負担にもなる。

私は大体、将来に希望的観測を抱けない性格だった。悲惨な未来なら、いくらでも思いつく。

とりあえず家の中で転ばないことだと思い、建てる時から家中の居住空間には床に1センチの段差もつけなかった。しかしトイレが浴室のように一段低くなって排水孔までついているのは、老人介護が必要になった時、介護者が這いつくばって汚れたトイレの床を拭かなくていいように温水を流して自然乾燥させるためであった。

現代八十代の老人は、六十代の時、平らな床や壁の手すりのことを言われると、そんなものは「必要ない」と言っていたものらしい。しかし少し老年に近づけば誰でも安全のために必要なものになるのだ。

年をとれば少しは知恵を授かる人間は、予測する能力くらいあってもいいだろう。私のように早めにやりすぎると費用はすべて自費だった。しかし今は社会的な補助も出るらしい。

『死生論』産経新聞出版

わたしの魂の錨のようなもの

私は昭和六年九月、東京の葛飾区に生まれた。もっと厳密に言えば、昔の人が「隅田川の向こうなんて東京じゃない」という土地の生まれである。戸籍でも、当時そこは南葛飾郡であった。

私は自分の魂のどこか先っぽの方に、錨（いかり）のようなものがついており、その錨が、葛飾の泥土に深く打ち込まれているのを感じる。私の生まれた頃の葛飾は、まだ賑わっている土地ではなかった。母の言葉によれば、私たちの住んでいたところは「一尺（約三十センチ）掘れば水が出る」場所だったという。しかし私の心はどこかではっきりとそこに所属していて、しかもそのことを喜んでいる。

私は、満四歳の時に、今住んでいる大田区に移り住んだ。子供としての記憶は主にそこから始まる。大田区も当時は大森区と言った。大正十年頃から電鉄会社が、畑を造成して売り出したという新興の住宅地で、私の父母のように、麹町、麻布のような高級住宅地はもちろん、牛込、本郷のようなアッパー・ミドルのための土地さえ買えなかった人たちのためのものであった。

私の育った家は、すべてが日本風で、ただ一間だけ西洋風の応接間のついたものだった。食堂などというものはなく、居間の八畳の卓袱台（ちゃぶだい）でご飯を食べたが、同時にそれは父と母の寝室でもあった。

外との境は冬でも障子だけだった。二メートルに近い深い土庇（どびさし）がついていたので、凄まじい吹き降りの時でもなければ、障子に雨がかかるということはなかったが、夜になって雨戸を閉める時以外は冬でも障子一枚で外界と接しているのだから、暖房を完全にすることなどとても考えられない。

しかし私が辛かったのは、こういう防音の不可能な家で、父が母を大きな声で叱ったり、二人がいさかいのような状態になって声を張り上げることだった。私は隣家にこの声が聞こえることを恐れて、自分のことでもないのに、いつも身を竦（すく）めていた。

私の部屋は子供部屋と呼ばれて、七畳ほどの和室に六畳のサンルームがついたものだった。そういうところだけしゃれたつもりだったのだろうし、父母が一人娘の私に甘かったこともわかる。

私は五歳の時に、当時は知る人もあまり多くなかった私立の、修道院付属の幼稚園に入れられた。結婚生活が不幸だった母は、私に宗教的な教育を受けさせたいと望んだのだという。

最初の受け持ちはイギリス人の修道女であった。私はつまり五歳の時から英語教育を受け、キリスト教的な発想の中で育てられた。単に東京で教育を受けたというだけのことだったら、私は決して今のような性格にはならなかったであろう。私の中に、人間関係の他にもっと大切な神との関係がある、という実感はすべてのことに大きく影響している。

ユダヤ人も旧約の時代から、誰もが外からは窺い知ることのできない神との密かな関係をなによりも重視した。本当の個人主義は、神の存在なくしてはその概念を完成しえないものだということが、今の私にはよくわかる。そこから私の都会的個人主義も、単に習俗の問題を超えて、深い根を持てたのである。

それ以来、私はさまざまな成り行きから、同じ土地に住んでいる。葛飾に建っていた古家を移築したという大田区の家は、昭和四十年頃に建て替え、今は夫の好みで和室のない家になっている（しかし外見も内装も和風でカーテンというものが一枚もない家なので、外国人はおもしろがってくれる）。

『都会の幸福』PHP研究所

死んだ後に何も残さないのが最高

私は建築後約四十年も経つ古い家に住んでいる。増築した書斎以外は、断熱材もはいっていない。しかし夫が断じて立て直しをしないというので、その意見に従っている。

「うちの前の豪邸の解体工事を見てただろう？　鉄筋コンクリートだから、壊すのに二カ月かかった。壊し賃も億単位だろう。その点うちなんか木造だから壊すのも三日だ。我々が死んだ後、三日で跡形もなくなる。簡単なもんだ」

人間は死んだ後に何も残さないのが最高、と私たちは思っている。記念碑や文学館なども困る。どなたかが書棚の隅に数冊の自著を置いてくださって、それを読んでくだされば、最高の光栄なのである。しかし古家の困るところは、いつもどこか修理をしていないといけないところだ。自宅も海の傍(かたわ)らの仕事場も、屋根が雨漏りしてバケツやボールを置いて凌(しの)いだ。友だちは、「小津安二郎の映画の場面みたい」と言ってくれた。

東京の家では、夫の両親が長年庭先の別棟に住んでいた。古い家で天井が高い。玄関に小さな式台、ガラス戸は木製ですきま風が吹き込む。寒さに弱い私は、自分の都合で姑（しゅうとめ）に「安いプレハブに建て替えましょう」と言った。ところが姑は質素を旨とする新潟県人気質で、「いいえ、私はすぐ死にますからむだです」と承知しなかった。そう言われてから二十年以上生きたが。

姑が先に亡くなった時、ご都合主義の私は再び、「今度こそ好機」と感じた。こんな寒い家では残された舅（しゅうと）の介護をする方がたまらない。小さくても冷暖房のよく効く家にしてしまおう、と企んだ。ところがその時は、傍らについていてくれた看護の女性から反対が出た。

「おじいちゃまは、ベッドから下りて左に行って、左に廊下を曲がった左側がトイレと体で覚えていらっしゃるんです。新しい家で間取りが変わったら、押入れで用を足されますよ」

私はその優しい言葉に従って、舅が住む古家には小さな修理しかしなかった。

舅が亡くなって十日目は豪雨だった。その日までどうにか保っていた昭和初期の家の屋根が、その日耐えきれなくなったように一斉に雨漏りし始めた。何という優しい屋根だったんだろう。舅が生きている間だけは体を張って雨を防いでいてくれたのだ。

「もったいない運動」など、私の年代ではずっとやってきた。それは存在と才能を使い尽くし、死後にはきれいに何も残さない計算のできることだ。人間でも物でも、それがどう使えるかわからない人には、経営も人事も創作もできないだろう。冷蔵庫に残った小さな豚肉の塊とキャベツとお豆腐半丁でどんな料理ができるかということは、課題作文、人材の使い方、創作などの共通の秘訣として、まことに興味深いものなのである。

『平和とは非凡な幸運』講談社

折り合える暮らし

いつか、家庭というのは家と庭があってこそ家庭なのであって、庭もない狭い場所で穏やかな家庭なんてできるわけがない、という説を唱えている方もあったけれど、私はアパート暮らしでも、楽しい家庭をいくらでも知っている。私たちの生活は、皆、どうにかやっているというものだ。理想とは程遠い現実と折り合って暮らしている。しかし折り合えることが、健やかな強さの証拠である。

『流行としての世紀末―昼寝するお化け 第2集』 小学館

家も人間も風通しをよくする

たいていの世間の人たちは、自分の家に不満を持っているというが、実は私は、今自分の住んでいる家にほとんど満足している。こういうことを言うと、「お宅はお金がおありになるから」とか、「贅沢な家をお建てになれば、不満もないでしょうよ」などと言われるだけである。

確かに私は運はよかった。人生でたった一つなりたかった職業について、一生それで生きることができた。体が丈夫で働くことに耐えた。この二つだけでも、どれだけ大きな幸運かわからない。しかし世間で誤解されていることもある。私が両親からかなりの財産を受け継いだという印象である。私は自分の育った家のあった土地に住んでいるのだから、まるで親から相続したように見えるが、私の家庭は昔から「訳あり」だったから、父は七十歳近くになってから私の母と別れて再婚した。父に別の女性がいたことが離婚の理由になったどころか、母は性格の合わない父と離婚できたことを喜んでいたし、その父に再婚の相手が見つかったこともついでに喜んでいた。父母に離婚してもらったのは、一人娘の私であった。いっしょにいさえしなければ、人はそれほど他者を憎むということもない。母が父から取りたがっていた少しばかりのお金や、母が自分のものだと主張していた「所有物」を一切捨てて、何も持たずに家を出るなら、母の生活一切は保証します、と私は言った。もうその頃、私は少しまとまった収入があるようになっていたからだった。

当然私は母と一緒にそれまで結婚後も住んでいたいわゆる生家を出る予定だったが、そんな背景があって父の方が新婚の妻と新しい家を買って出ることになった。その時、私は税務署に事情を話して、父と娘の間ではあったが他人と売買するときと同じ条件で、父から古い家を買ったのである。税務署の人は私に、私の銀行通帳から、買値通りの額を確かに父の通帳に振り込むように教えてくれ、私は銀行で少しばかりの借金をしたが、無事に父との関係をきれいに終わらせることができた。父が亡くなった時、父には新しい夫人とその人との間にできた娘がいたので、私は相続を一切放棄した。私は税務署風の言い方によると「ゼロ円」を相続したのである。

　その家は一九三四年に父母が今の場所に建てた時、すでに築年数の古い家であった。葛飾区から解体して移転したのだという。古い、木と紙の家であった。別に私の家が特に貧乏だったのではないが、当時の日本家屋はそんなものだった。居間の内側と外界を隔てるものは、昼は障子の紙一枚だったのだから、今の断熱材を使う発想からみると、驚くばかり原始的なものである。夜になると木製の雨戸を閉める。その代わり「土庇（どびさし）」と呼ばれた実に深い軒が長々と出ていた。それでも昼間に激しく降り込むような豪雨が来ると、雨戸を閉めた。

　父たち夫婦が別に住むようになった後、その古家はわずかばかり改築したりしたが、或る日私は平屋の屋根の棟の部分がわずかに波打っているのを見つけた。床も少し揺れるように感じられる場所があった。当時のお金で二百万円かけても、どこがなおったのかわからない程度ですよ、と大工さんに言われて私たちは考え込んだ。

　それより以前、私は父から逃げていける場所を欲しがっていた。父の家に住んでいては安心の場がなかった。私たち夫婦は最初に自分たちの家として、葉山に小さな別荘を買った。その家は、当時の言葉で言うと「オンリーさん」の家だった。進駐軍の特定のアメリカ軍人に囲われて、仮の家庭を作って住む女性はたくさんいたのである。

家の中はベニヤ板を貼った洋室が二つだけ、それに六畳くらいのダイニング・キッチンがついていて、寝室の壁はサーモンピンクに塗ってあった。庭には木など一本もなく、ジャリを敷いてあったのは、友だちが車で乗り付けるアメリカ人向きになっていたからだろう。大型車が三、四台は駐車できる面積があったように覚えている。どんな家でも雨露をしのげれば、私には天国だった。或る朝その家の庭に立っていると、そこに土地の新聞配達のおじさんが来て、

「奥さん、『ザ・ヨミウリ』取ってくれんかね」

と言った。何で私が英字新聞の「ザ・デイリー・ヨミウリ」を読まねばならないのか。数秒で私は、自分がオンリーさんだと思われたのだ、と悟ったし、その家の素性も明確になった。

このベニヤ板造りの家は、私たちが初めて自分たちで手に入れたシェルターだった。私はその家が大好きだったが、戦前は明らかに避暑地だった逗子・葉山は次第に東京への通勤可能区域になって来た。早朝私が寝ぼけた顔で庭に立っていると、出勤の男たちが急ぎ足に塀の前を行く。私たちは朝寝坊ではなかったが、東京を離れた日には、少し自堕落な暮らしもしたかった。それで私たちは通勤可能な土地はサラリーマンに明け渡して、さらに南に逃げることを考えるようになった。

一九六〇年の安保闘争が落ち着いたころ、つまり私が三十歳、夫が三十代半ばくらいから始まった数年が、私たちにとっては家を作る基本の年になった。私たちは夫の両親を呼んで一緒に暮らす決心をした。既に夫の両親も六十歳を超えていたので、二人の老後のことを考えるとそれが当然と考えられたからであった。

夫は後になって笑う。彼は彼なりに、両親の寿命があるのも、せいぜいで後十年か、十五年と考えていたようである。当時の日本人の常識では、それくらいがごく普通の寿命であった。息子についても、二十二、三歳で大学を出れば、それで家を出て行くだろう、と考えたようだったが、これも予想は大きくはずれた。息子は十八歳で地方の私大に行ったので、それからは私たちと別に暮らすようになり、大学を出るとすぐ幸運にも就職できた大学が阪神地区にあったので、神戸で所帯をもつようになった。そして夫の両親は二人共九十歳前後まで一応健康に生きた。三十歳以後の私は一度も、三人の親たちと別に暮らすことはない、というにぎやかな運命に置かれたわけである。

そうした家族再編成の中で、私たちは葉山の家も、東京の親が建てた家も、順番に建て替える羽目になった。葉山から移ったのは三浦半島の最南端に近い農村だったが、庭の周りは海だった。私はこの土地がどこよりも好きだった。東京の生活は重すぎたが、ここへ来ると東の間の解放感を味わった。東京の家は、つまり戦前の一九三〇年代半ばに建てた家だったので、普通の町家は二十年保てば長い方と言われる年限をとっくに越えていた。私たちは住居と仕事場をいっしょにした家を設計して、知人の大工さんに工事を任せた。この家に、今も私たちは住んでいる。増築した九坪ほどの書斎以外は、断熱材なるものも意識にない時代に建てたままである。外壁も取り替え、トイレも台所も改築はしているが、私は今でもこの家の間取りを後悔していない。

よく私が書いている通り、私の母は福井県の田舎のやや没落した家に育った「普通の田舎者」だが、学問の世界では教えられない、いくつもの感覚的な助言を残してくれた。家について母がいつも言っていたのは、一部屋に必ず二面以上開口部を取って、風通しをよくすることだった。私はこの教えをよく守って家の設計をした。できたら十文字に風の吹き抜けるような家がいい、と母は言ったことがある。今の家の台所に立つと、確かに風が前後左右から吹き抜けている。家の周囲も、母に言わせると、空気の通りがよくなければいけないのであった。古い家の周りは、当時の家がどこでもそうだったように、八つ手や南天やもみじや紫陽花（あじさい）などがかなりぎっしりと植えてあったが、母はそれらの植物の葉が家の羽目板に触れないように、いつも鋏（はさみ）で自分で切り落としていた。風通しが悪いと、家が腐り、住む人も病気になると母は信じていた。

後年私は、この母の命令と全く反対の好みを持つ人に出会った。家の周囲には深い緑が生い茂り、玄関に至るまでにも、その枝をかき分けて行くような家が好きだと言うのである。その光景を想像すると、ほんとうにその方が思索する人には向いているようだったが、私は母のいいつけを守るようにした。人間関係もそうであった。深く絡み合ったら、お互いにうっとうしくなる。世間の風が無責任に吹き抜け、お互いの存在の悪を薄めるくらいがちょうどいい、と私は思ったのである。もちろん一生に一人や二人、自分の存在によって迷惑をかける人が出るのは致し方ないが、重い関係になるのは、相手に悪いからできるだけ避けた方がいい。風が吹き抜ける距離を置くというのは、最低の礼儀かと思ったのである。

母は小さな部屋をたくさん作ることも嫌いであった。昔の人としては大きな女性だったし、茶道をやる趣味もなかったから四畳半の茶室の美を解さなかったのかもしれない。今の日本で広い部屋を作るのはぜいたくなことだが、私は家を設計する時、部屋を細かく割ることをしなかった。大きな部屋をコーナーで使い分ける方がいいと思ってそれを実行している。昔ミサワホーム社長の三澤千代治氏と対談したことがあった。その時氏は、現在の庶民の家の天井が低いのを嘆かれ、気宇壮大な人物は、お寺のような天井の高い建物で育つ。育った家の天井の高さと子供の性格とは、あきらかに関係がある、と言われたことを思い出す。気宇壮大を期待することは無理だったが、私はあまりこせこせした間取りの家で暮らしたくはなかったのである。小さな面積の部屋の多い間取りの家では、子供にもすぐ答えを与えてしまう。しかし茫漠としたスペースの中で寝起きして未来を考えると、自分は一体どんな人になるべきか、いかなる道に向かって進むべきか、途方もなく自由に迷うのだろう。

しかし宮殿で育つとしたら、それはまた不幸なことのように見える。多くの皇帝、王、貴族たちは、広大な宮殿の広間を愛さなかった。小さなスペースで家族との団欒を望んだのみならず、最期の別れさえ惜しんだという話もある。ありがたいことに、庶民はこの矛盾する状態の狭間を、うまく選んで暮らすことができるのである。

部屋数は減らしても、私は納戸や収蔵スペースをできるだけ多く取ることにした。台所に直結して狭い食料置き場、北側の土間を利用した寒い貯蔵スペース、そして外の納屋と三段階の貯蔵庫を持っているのも、私が料理が好きだからだろう。外の納屋には、我が家で採れたタマネギやジャガイモを風通しのよい状態で保存するのである。

私は比較的、ものを片づける性格らしかった。作家は書物の山の中から、自分の欲しい本をすぐに探し出せる、という一種の伝説があるが、私は怠惰で、そうなると本そのものを探すのを止めようかと思うのである。すべてこうした本は資料として大切だということを、深く心に銘じてはいるのだが、探すことが億劫だと諦める傾向が年を取るほど強くなって来たことを感じないわけにはいかない。だから仕方なく、ある程度はすべてのものを分類しておき、すぐ引き出せる工夫をしている。そして家中はがらんとしていて、むしろ何もない方が美しいと感じる。「床やテーブルや椅子は物置ではない」というのが私の好きな言葉なのである。床は歩く所、テーブルは飲食物を置く所、そして椅子は腰掛ける目的のために在るものである。

お中元やお歳暮の頃には、我が家にもおいしい桃や冬のお漬け物などを送ってくださる方がある。そうしたものを、私はその日の夕方までは、食堂の一部に置くことを（自分に）許すことにした。大切に用途に沿って片づけるという作業より、急ぐ原稿があれば、私としてはそちらの方を先にしなければならないからである。しかしその夜までには、巨大な冷凍庫に一応しまうものはしまい、秘書に僅かでも分けて持って帰ってもらうものは分けてしまう。私は自分の娘のような年齢の秘書に、今夜のおかず分だけ新鮮な食材を持たせるのが好きで、それは親切というより、おいしいものが一刻も早く多くの人の口に入るという合理性の方が気分がいいからであった。しかし夕方より遅くまで、頂きものをその辺に放置することはしないようにした。「床は物を置く場所にあらず」の原則なのである。考えてみると、母も同じような気質で、台所に食物の箱が積んであるなどという光景は記憶にない。

今の私たちの住処（すみか）は、何しろ五十年は経っている家なのだ。外見がきれいだったり、しゃれた作りだったりする点は全くない。しかし私にとっては、今でも働きいい家なのである。階段は、設計段階でスペースとお金が不足していたので、かなり急になった。その家がほんとうに裕福かそこそこ貧乏かの度合いは、軒の長さと階段の傾斜でわかると私は思っているのだが、その見方で言えば、我が家の家の階段はかなり貧困な家の基準に合致する。

私は六十四歳と七十四歳の時に、一本ずつ両方の足首を折り、爾来(じらい)、足の運動能力の柔軟さを失った。だから「この頃、家庭用の椅子式昇降機もあるのよ」などと聞かされると、一瞬心が動くが、二階に上がるという動作がいい訓練になると思っているので、いまだにそういうものを使っていない。どんな情況もまた、役に立てるという気力さえあれば、何かに使えるというものだろう。風通しのいい人間関係を、私は求め続けたという気はする。私は人の噂話というものが好きではなかった。理由は簡単で、多くの場合それは全く不正確だったからである。「その人のこと」はあまり知らない、という距離感が、私は好きだった。自分はその人にとって親密な大事な人ではなく、ほどほどに遠い人だけれど、ただ記憶の一部に、できれば気持ちいい状態でいさせてもらう方が居心地がよかったのである。

風通しよく生きる方法は、それほどむずかしくはない。家族の一人があまり強烈な我を通さず、物事に執拗に固執せず、諦めと共に、淡々と家族が大して辛くないことだけを願って生きれば、多くの場合、その関係はうまく行く。

昔母は、家を駅の近くに建てたがった。自分が太っていて長く歩きたくなかったからだろう。しかし長い年月を考えると、駅近くはほんとうに時間の節約になった。家の向きを、ほんのすこし真南より西に振ったのも母だった。そのせいで、夏は西日がきついが、冬はいつまでも明るく温かい。母は自分の結婚生活が不幸で暗かったから、せめて温かい西日を冬の日にも求めたのだろう。

私も根は心が弱く、ものごとの暗い面ばかり考えるたちだったから、西日を大切にすると寒い冬にもどんなに心理的に救われるか、身を以て知るようになっていたのである。

『風通しのいい生き方』　新潮社

家を建てるときに気をつけたいこと

日本人は昔から学ぶことが好きだったから、江戸時代に庶民層の大部分は読み書きができるようになった。そうした状態の背後には、世間の隅々に親切な人がいたり、村の庄屋さんまでが教育熱心だったりしたことがあったろう。

とにかく私も学ぶのは好きだ。とはいっても私は学校秀才ではないから、むずかしく学問を学ぶのは敬遠している。しかし先日も、病院の待合室でそなえつけのテレビを見ているだけで、お料理に使える二、三の有効な方法を習った。得をしたような気分である。

だが、「老人教育」は遅れている。昔から生涯教育という言葉があり、私などで六十年以上書き続けてきたのだから、とぼとぼながら独学の生涯教育を続けてきたわけだ。しかし老人教育読本に載せるような内容は、もっと具体的なことだ。

例えば、人は壮年期に、多くの人が一軒家をつくる気持ちになる。部屋も広くなり、犬も飼える。花も植えられる。しかしどこにその家を買えばいいのかということは教えてくれない。誰でも夢のあるすてきな家をつくりたがるのが当然だ。しかし坂道のある丘のどこかの、景色のいい場所に家をつくると、まもなく三、四十年ほどで老年期が来る。すると坂道というものが、実にたいへんなものだということがわかってくる。平凡な景色の場所でも平地がいいのだ。とぼとぼと歩いても、平地ならどこへでも行き着ける。これも実はむずかしいことだが、できれば平屋がいい。二階に登ることができなくなり、二階はほとんど物置になっているという人がたくさんいる。しかしこれもお金がかかることだから簡単に言えない。同様に、もしお墓参りということをしたい家族なら、「○○家の墓」は墓苑の下の方の平地の部分がいい。坂を登ったところにある墓地は、まもなくそこへお参りに行けなくなる。屋内のお墓というものは、その点雨でも平気、暑さ寒さにかかわらず年寄りも楽に墓参ができていいと私は思う。

家の中でも、高い所と低い所にある棚や引き出しは、現実として使えなくなったという人も多い。病気によって制限はさまざまだが、膝を屈めずに、立ったまま手が届く範囲の棚や引き出ししか使えなくなったという人も珍しくない。引き出しはことに固いと開けられない人がたくさんいる。だから温泉宿の脱衣所の棚のようなオープンな収納場所が一番楽なのだ。

老人側にも、体の不自由になった場合に備えて、心の準備をする教育をした方がいい。人には決して強要しないけれど、私はいつか湯船に入ることを諦める日を、自分で決めようと考えている。その代わりまるで電話ボックスのような形で、中にゆったりと座る場所もあり、上から経済的にお湯の降ってくるシャワーの装置が欲しい。その温かい滝の中に贅沢に何分か座って、サウナのような気分になり、清潔さも保てる。老年はそれで満足しなさい、と自分に命じている。何しろ途上国にはお湯を使う設備さえ持たない人がほとんどなのだから、季節にかかわらず温かいお湯で心地よく体を洗えるなどということは、むしろ法外な贅沢なのだということを、私は百カ国以上の途上国を旅しているうちに知ったのだ。人を湯船に入れようと思うから人手も装置もかかる。しかし安全なシャワーなら、老人を毎日入れても、大して介助を必要としなくて済む。
九十歳の夫も、八十四歳の私も、今のところ自分の生活に人手を借りなくて済んでいる。親から健康なＤＮＡをもらったおかげだが、夫も朝起きれば居間と食堂の換気をし、暖房を入れる日課を果たしてくれる。自分のことだけでなく、人の暮らしを快適にしようという思いやりがまだできるのだ。

『老境の美徳』小学館

本当に理想的な家

富士総合研究所が発行している『ファイ』という雑誌を送っていただいた。その中に「新聞記事から生まれた『水で洗える介護住宅』」という記事が出ていて、「おや、私と同じ考えの人がいるんだな」と思った。

ロイヤル・ビルディング・システムズ・ジャパンという会社が沖島工業といっしょになって、どこにどんな汚物がついていても、すぐ各室に取り付けられた蛇口からの温水で室内を洗い流すことができる家を考えた。市販にこぎつけるまでには、ずいぶん素材その他で苦労されたようだが、よく読んでみると、きっかけは、昔私がどこかの新聞に書いた記事だったという。

「そのころ、私が考えていたのは、部屋ごと洗える装置だった。どこに排泄物をなすりつけてもすぐきれいに洗え、部屋ごと乾燥できる仕掛けである」

と私は書いていたのだそうだ。

そう言えば、こういう部屋の開発がされていることを、私は途中で知らされていた記憶があるが、利己主義の私は自分の仕事にかまけていて、ついそのまま放置して忘れてしまっていたのである。だからこの会社と、開発者たちのことも全く頭になかったのである。

私は自分と夫の親たち三人と住んだのだが、舅はもう九十近い高齢で直腸癌の手術を受けた。その時作られた人工肛門をどうしても理解できず、腹帯の下に手を突っ込んで汚物を引きずり出して、その手であちこち触る生活がしばらく続いたのである。

一日に寝巻と布団が三枚、四枚と汚れ、壁にも畳にも汚物が付くという日々は、小さな地獄であった。そんな時、私がこういう部屋のことを考えたのであった。部屋中、どこでもシャワーと石鹸の液で洗える。そしてその後すぐ強力な温風で乾かすことができれば、介護する人も楽だし、病人や高齢者も臭気を気にしたりせず、尊厳を保つことができる。

個人でも、もちろんこうした部屋を作れたら理想だし、特別養護老人ホームなどのうちのいく部屋かを必ずこうした洗える部屋にしておくと、ほんとうに便利なはずである。何より大切なのは、居住者も介護者も、毎日が億劫でなく軽やかな気持ちで生活を続けられることなのである。

この洗える部屋は、自分でも建てられる、という。もちろん私はまだ実物を見たことがない。でももしそれが実用化されて、便利だと多くの人に思われたら、舅の存在は大きかったことになる。

人はその時は、イヤだなあ、困ったなあ、と思ったことに、後で大きな意味を見つけることが多い。舅はその一時期の後、すべての手当てを人に任せるようになったから、もう汚物をなする心配はなくなった。そして舅は最期までほんとうの紳士であった。自分の好きなコーヒーを入れてもらうと、必ず付添いの人や傍にいる私にも「あなたもごいっしょにどうぞ」ときれいで穏やかな笑顔を見せた。

『安逸と危険の魅力』講談社

古びた家の便利さ

今私たちが住んでいる家は、約五十年前に建て替えたものである。そこが世間の言う事務所でもあり、私たちが実際にパソコンを置いて仕事をする書斎もあり、ごく普通の社会生活をする私的な家庭の部分もある。五十年も経ったので板壁は飴色になり、無数の傷もついていて、終戦直後の日本の家庭を題材にした映画を作る時には、ロケに貸したいくらいである。

しかし最近になり……そこで新しい事態が発生した。冒頭で記したように、九十歳になった夫が自宅で療養するようになったのである。そのとき、私はこの古びた家の便利さに改めて感心した。

五十年前、この家の図面を引いたのは私であった。夫は新築の家を建てることにも全く興味がなくて、「知壽子（ちずこ）（私の本名）の好きなようでいい」の一言で自分が受け負わなければならない義務を放棄しようとしていた。だから私は予算を頭に入れながらも好きなように間取りを書いたのだが、五十年以上経った今、改めて一人の高齢者を介護しなければならない立場になっても、間取りに全くの不自由がないのである。

第一に半世紀も前の家なのに、この家には段差がなかった。敷居もない。夫の生活状態を見にきたケアマネージャーさんが驚いて「この家は車椅子も動くようになっていますね」と言ってくださったが、それほどつまらない使い勝手のいい家なのである。当時少ししゃれた住宅は、食堂や客間の一部に装飾的な段差を付けたりしていたものだが、私はそうした装飾を一切省いていた。

既にそのときまでに、高齢の親たちを見るのは私たち夫婦しかない、ということを覚悟していたおかげで、私は高齢者を介護するときに発生するであろう幾つかの困難を予想することができていたのである。

つまずくこと。小回りがきかないこと。段差が辛いこと。孤立した空間に本人を置かないこと。トイレを汚すような事態になった場合には便器はおろかほとんど壁まで洗えるように、床に排水装置をつけることなどすべてを、その頃から用意してしまった。

もちろんそれから数十年間、私たち一家はごく普通の中老年として過ごした。息子は十八歳で地方の大学に行って独立し、後は三人の親たちと私たち夫婦だけの暮らしになった。この生活は私の母が八十三歳、夫の母が八十九歳、夫の父が九十二歳で自宅で亡くなるまで続いた。老人たちは一応「一病息災」の状態で暮らしてくれた。夫の母は気管支拡張症でときどき吐血したりしたが、一週間ほど入院して症状が治まると栄養注射を受けて元気になって帰ってきた。

夫の母は新潟県出身で、つまり私は県民性だと思い込んでいたが、恐ろしく質素と言うかケチであった。新しく軽い布団を用意すると「私は昔風だからずっしりした重い布団でないと眠れない」というたちであった。そして私が用意した軽い羽毛布団をさっさとしまい込んでしまった。一方私の母は福井県出身で、どこか浪費家の性格をもっており、軽くて新しいものが好きだった。

布団の重さに関しては、銘々（めいめい）の趣味で使えばいいのだが、夫の母が家の修理をさせてくれないのは困った。「私たちはどうせすぐ死ぬのだから、このままでいい」と言うのである。私はこの夫の母が入院中に素早く畳を換え障子を張り替え、家の根太（ねだ）も直し、伸ばし放題に伸ばした庭のあじさいなどを刈り込んで、知らん顔をしていた。そうしないと二人が住んでいる古い家をなんとか保（も）たせることができなかったからである。夫の母は実は大いに不満だっただろうが、表だって私に文句を言うような人ではなかった。

　実母に関しては後で改めて書くとして、私はそんな形で、どうやら家族の体裁だか、無届けの養老院だかの暮らしを整えていたのである。理想の生活などこの世にあるはずがない、というのが、昔からの私の実感であった。

『夫の後始末』講談社

どんな家に暮らしたいのか

ちゃんとした一軒のマイ・ホームに住んでいる小さな娘が、親戚のみかん畑を持つ地主さんの家へ遊びに行った。「お庭が広い」などというものではない。娘は決心した。

「今に私も必ず、広い広いお庭を持つ家を買おう」と。

しかし彼女の家にきた別の子は思うかも知れないのだ。

「私も今に必ず、こんなような一軒のおうちを買ってみせる」と。

私は、父母の生活を見るたびに、

「いつか必ず、私が働いて四畳半一間を借りて、母と暮そう」

と思った。父母が離婚しない訳はいろいろあったが、母からみれば経済的に生活ができないから別れない、というのが主な理由だったらしいからである。

当時、私たち一家の住んでいた家は昭和の初めに建てた古い木造家屋だったけれど、五十数坪の広さがあった。それが四畳半一間になっても、私はその方が気楽だったのである。第一、私は自分で生活を支えるということをこの上なく、生きがいのある、誇らしげなことに感じていた。

家の大きさや、庭の広さの問題ではない。人間にとって大切なのは、その目的を持つということである。私のような古い人間は、目的を持たずに生きることとは、実は不可能なのである。

けたはずれにお金持の家のお嬢さんがあって、そのひとが又、何処かの会社の経営者の御曹司のところへお嫁に行く話をきかされたことがあった。

親が何もかも用意してくれてしまうのだという。今どきそんなおとぎ話みたいなことがあるのですかと聞いたのだが、二百坪の土地の四十坪の家をたててくれて、銀器やうるしの食器をそなえ、ダイヤの指輪やミンクのストールも幾つかあって女中さんと外車をつけてもらって新夫婦はできあがるのだという。

皆、初め羨しがったが、そのうちに次第に憐みを覚えてきた。

「楽しみがないわね、それじゃ」

と一人が言った。

「そうよ、毎月、食器を揃えていくなんて楽しいですものね。そういうお楽しみがないなんて、お気の毒よ」

私たちはまったくぞっとしたのである。こういう夫婦は、もう美味しいものを食べすぎた胃袋のようなもので、ただ限りなく重く不快感があり、空腹のときに、あの一杯の味噌汁、一ぜんの白いご飯をがつがつと食べる楽しみを知らない。

だから、心身を破壊するような極貧や病気は別として、つねに思いを遂げていないという実感こそ、人間を若く魅力あるものにする。

『誰のために愛するか』　祥伝社

家を壊すときのことを考える

二年間地震もなく、僕の家の辺りが水浸しになったり、崖崩れがなかったりしたのも、ほんとうに幸運でした。

僕の住んでいる三階建ての家も、幸いなことに強度偽装をするような設計者や施工者の手にはかからなかったから、あと半世紀は保つと思いますね。

でもこの間祖父ちゃんに言われたんです。

「大介、祖父ちゃんの最大の失敗はこの家を建てる時、鉄筋にしたことだ」

「どうして?」

僕には訳がわかりませんでした。

「祖父ちゃんは、地震で家がつぶれないように、隣の家の火事で類焼しないように、そして構造が二世帯分で三階だから、鉄筋コンクリートの家にするのも当然と考えた。しかしこれは大きな失敗であった」

「へえ、どうして?」

「壊す時のことを考えなかった。今のビルならコンクリの箱みたいなものを作ってそれを積んで行くやり方で、壊す時を見据えてるみたいだけどね。うちは壊す時が大変なんだ」

「へえ、そうなの！」

「この家程度でも、壊すだけに今でも数千万円か一億近くくらいかかるだろう。その点、木造の家だったら、壊し代も安いもので済んだはずだ」

「まさか！　そんなに払ったら家建てるための予算を、壊し代に取られちゃうじゃないか」

祖父ちゃんは突然ちょっと狡い表情になりました。

「壊すとすれば、お前の代に壊すことになる。だから僕は壊す費用のことは考えない。お前は収入があるようになったら、まず地道にこの家の壊し代を溜めなさい」

「何だか、急に気が滅入って来たなあ。そのことを思っただけで、僕とても結婚なんかできそうにないよ」

「すべて人生は、常に撤収する時の事を考えて生きるべきだ。撤収は、前進や発展よりはるかにむずかしい」
「それはそうだろうけど」

『非常識家族』徳間書店

ある友人の笑い話

私たちの年になると、人間の性向ははっきりと二つに分かれる。善悪の問題ではない。ただ性癖の問題である。何一つもったいなくて棄てられない、という人と、どんどん棄ててしまう人とである。

棄て魔も困るだろうが、取っておく趣味の人も大変だ。或る老女は、新聞紙や空瓶をすべて取っておいていた。戦争中のもののない時代の記憶が未だに残っているのである。それらはまず人間が住むべき空間を占領した。部屋が空き箱で狭くなり、やがて階段の片隅にも置かれるようになった。更に階段の両側がもの置きになり、足もとの悪い老女は階段を下りられなくなった。

私たちの親しい友達の間でも笑い話がある。友人の一人が癌になった。手術の日が近付くと、彼女は都内でも昔から「実物に似ず美人に撮ってくれる」というので有名な写真館へ、告別式用の写真を撮りに行った。私たち仲間は嘲笑し、十年も生き延びたら、もうその写真は実物と別人のように若くなっていて使えたものではなくなる。そんなむだなことにお金を使うなんてばかだ、と言ったのである。私たちの予測はその通りになった。この人は今でも健康で、決して安くはなかったはずの告別式用の写真はもうおかしくて、使用不可能になっているはずだ。

彼女はその時同時に、身辺の整理を始めた。古い寝巻や下着は思い切って全部捨てることにした。ところがその日に限って、彼女は最近車も磨いたことがない、ということに気がついた。せめて車を洗って、ワックスをかけてから入院しよう、と彼女は決心した。いよいよ車を洗い、ワックスをかける段になって、彼女はボロ布が足りないことに気がついた。さっき棄てたシャツと寝巻を拾ってくれば、あれで充分車が磨ける。そのボロ布は、また洗ってとって置けば、また何かの時に使える。私たちはこの話のいじましさに笑い転げた。笑うということは同感を意味し、自分が同じ行動をするという暗黙の承認を示していた。

世間にはいろいろな趣味の人がいるが、私の最近の趣味は、ものを片づけ棄てることになった。つまり整理である。

私はこれで四年半ほど、財団で働くことと、小説を書くことと、二足の草鞋（わらじ）をはいて来た。やはり忙しくなったのである。それを切り抜けるには、すべて今日しなくて済むことはしないでおくほか、締め切りに何とか遅れずに済む方法はなかった。

もっとも六十四歳で勤めを始めてから、私はすべてが早くなった。料理も身じまいも書く速度も、である。しかしその背後には、整理をよくする必要があった。私は或る時、考古学者といっしょに旅行し、一見、身の廻り一切に非常に無頓着に見えるその人が、毎日毎日、独特の整理方法でカバンの中身を整然としているのにびっくりしたことがある。

私は生活の中で捜しものをする時間を省くために、プラスチックのバスケットを幾つか買って来て、朝のパンの時に必要なもの（チーズ、バター、ジャム、マーマレード、ピーナッツバターなど）を入れた。もう一つのバスケットには、お粥を食べる時のおかずだけを集めた。海苔の佃煮、塩昆布、雲丹、田麩、中国の腐乳などである。朝、お粥を食べる時には、それを引き出せば、お粥に合いそうなすべてのおかずが無駄なく出て来る。私は食卓の上に筆立てを一つと大きなマグを一つ置いた。筆立てには、大衆食堂のように家族と秘書たちの使うお箸と取り箸を立てた。マグにはパン食をする時に必要な、小型のスプーンやフォーク、バターナイフ、チーズ・スライサー等を集めた。そうしておけば、忘れものがあっていちいち立って取りに行くこともない。

恐らく十年以上いじったこともなかった納戸も整理した。毛布は前年、カトリック教会で言われて、ホームレスの人たちのために供出したのでかなり減っていたが、今年はさらにブラジルから、出稼ぎに来る家族が二組もあったので、まだ毛の痩せていない程度できちんとドライ・クリーニングに出してあったのを使ってもらうことにした。納戸はガラガラになった。何という爽快な気分だろう。私は物質的な執着も強い方だが、それと同じくらい空気と空間も好きなことを知った。それは母が昔私に教えていったことが影響していた。母は私に風通しのいいことは大切だ、とよく教えたものであった。家の外壁の周囲の植木はよく刈り込み、家は必ず十文字に風が抜ける構造に立てなさい、と言った。昔エアコンなどがなかった頃の知恵であろう。しかし私はエアコン時代でも、同じような気持ちで家を建てていた。西に窓をつけることは、暑いとか家具が陽に焼けるとか言って嫌う人が多い。しかし西窓があると冬の間いつまでも部屋が明るく温かく、老年の鬱病を防いでくれる。北に窓がなければ、南の風も充分に吹き抜けない。

後年私は畑を作る趣味を覚えた時、植物を育てるには四つのものが重要だということを知った。健康で肥沃な土、豊かな太陽、適切な水、そこまでは誰でもわかるが、さらに必要なのは、充分な風通しであった。風通しが悪いと虫害が必ずひどくなった。

旧約の『ヨブ記』の一つの中心的な思想は、「私は裸で母の胎を出た。また裸でかしこに帰ろう」ということである。その背後というか周辺には、現世で使っていたもの、執着したものは何一つ要らない、と思い至った人の世を去るに当たっての爽やかな姿勢がある、と私は思う。

『最高に笑える人生』　新潮社

「もめごと」のある家がおもしろい

私は今、二匹の猫と暮らしているが、彼らは我が家の中で一番涼しい所を知っている。風通しのいい場所はもちろん、冷房の風が辛うじて到達する椅子の上とか、たまたま植物好きの私が気楽に鉢植えを置くために出窓に貼った薄っぺらい大理石の上とか、風呂場の風を取り入れるような位置にある洗濯機の前とか、実によく調査している。

うちにもエアコンはあるのだが、私の性分がけちなので、こまめに電気を消す。ずっとつけ放す方が本当は経済的だという説もあるが、それでもつい、日本人的な経済感覚で、夕方までこの部屋は使わないなどと思うと、電気を止めてしまう。

それでも涼しい所はあるのだ。

私の家には一カ所だけ、廊下が四方につながっている所がある。私は「銀座四丁目交差点」と呼んでいる。確かに風通しはいい。

それとそこに寝そべっていれば、家中のことがわかる。誰がお皿を割ったとか、誰と誰がケンカをしているなどということは、何の説明を受けなくても、ここにいさえすればわかる。

この家の電気製品のうちのトースターが壊れかかっていて接続が悪くなっているらしいことや、久しく外出をしない私が、着ようと思っていて見つからないブラウスを探して、いらいらしていることなど、我が家の猫のようにこの交差点に寝そべっていさえすれば、逐一わかる。

人生でおもしろいのは、「もめごと」だ。猫はその平凡なドラマの意味をよく知っているようにみえる。

大きなドラマは人間にもその本質が見えないことが多い。大会社や政界の人事の動きなどよくわからないことが多いのだ。

しかし知人の家の娘がファッションにお金を使いすぎる愚かな子だという話や、せっかくまとまった或る家の息子の縁談が破談になった理由などは、そもそも内容に正確さを求められていないからよくわかる。おもしろい「もめごと」

である。

「もめごと」のない家は、平和でいいように見えるが、生気がない。自然は本質的にさわがしいものだ。雨も降れば嵐も来る。落ち葉も散る。

これでいい、ということはない。一家の中もそんな程度に落ちつかなくていいのだろう。

『波』新潮社　２０１９年10月号

第 4 章

家族も暮らしも変わる

「家族の歪み」は誰にでもある

人は誰でも、生まれた家庭環境に、なにがしかの深い屈折した感情を持っている。父を尊敬し、母を愛し、兄を慕い、姉を大切に思い、という家庭もないではないだろうが、まじめでそう言う人がいたら、どことなく嘘臭く感じてしまうのは、私が歪(ゆが)んだ家庭に育ったからかもしれない。

人はたいていの場合、どちらかに偏(かたよ)ってうまくいかない。母を敬愛するあまり、結婚できなかった息子もいる。父が偉大なあまり萎縮して伸びなかった息子も珍しくない。母と女を張り合って傷ついた娘もいれば、兄に理想の男を見て終生夫を愛せなかった女も数人知っている。しかし健全な多くの妹は、兄みたいな人と結婚する奇特な女の人がいるんだろうか、と思い、多くの男は、あの姉をもらってくれるという男というのは、さぞかし騙(だま)されてるんだろう、と思う。

私の母は、一人娘の私と、一生一緒に住むものだ、と一人で決めている人だった。私の結婚相手が寛大な性格で「まあ、それもいいだろう」ということで済んできたからいいようなものの、私は時々母の独占欲に辟易することもあった。既に少し惚けかかっていたのかもしれないが、娘を「私物化」することに少しも遠慮しなかった母は、旅先まで私を追いかけ、私が講演中だと言うのに、「ちょっとですから電話口に呼び出してください」と言ったこともあった。

その反動で、私は息子を自由にしてやることが第一の義務だと思うようになった。私は女だから、母に取りつかれても、まあ何ということはない。しかし息子が母親の束縛に遇うことほど気の毒なことはない。母と息子は、適当な時に別れなければならない。私はそのことを、息子が小さいうちから、いつも心に銘じ続けた。母との生活の体験が、私にそう決意させていたのである。

そのためには、少し手前から練習がいる。お互いに、相手の存在がなくても暮らしていける、という実感を持ってから独立の生活に入るのが理想だろう。私は夫が「男はほっておいてもいいんだ」と言う言葉を信じて、息子に関しては、勉強の方法から、進学校の選定、友達との遊び方、本の選び方、お金の使い方まで、すべて夫の言う通り放置した。

私たちは、息子が十八歳の時、名古屋の大学に送り出した。彼が文化人類学を学びたいと言い、その大学で是非とも勉強したいという私大が名古屋にあったからであった。私は一人息子と別れて暮らすことに寂しさがないわけではなかったが、息子の選択は私の感情を超えるものだ、と感じていた。

これらはすべて我が家の小さなドラマである。息子ときれいに離れるのが親の務めと思う私たちのような親子もいれば、べとべとしたい親が初めからいないことに決定的な寂しさを覚えている、親といっしょに暮らせなかった子供たちもいるわけだ。

『中年以後』光文社

自分の生きたいように暮らす

この地球上の「人口」は七十数億、「猫口」は二億四百万という話を読んだことがあるし、今は猫のブームだというから、もっと多いのかもしれない。少なくとも、三十人に一匹がいることになる。別に深く意図したことではないが、夫がいなくなった後の私の暮らしの中に、自然に二匹の猫が入って来たのだ。私は夫の死後、暫くの間疲れ切って、毎日寝てばかりいた。朝起きるのも面倒であった。しかしそれでも私が窓を開け、新鮮な風を入れ、日常の生活に戻れたのは、二匹の猫がいたおかげだった。餌をやり、飲み水を取り換える。彼らの健康のために、それらのことは待ったなしだった。家の掃除は少しくらいサボれる。しかし猫に水と餌をやることは生命に関わっている。猫たちによって、私は生活のリズムを与えられたのだ。

人間の生活を決めるのは、当人の気持ちだということは明確なのだが、皮肉なことに、個人は自分が願うように生活を成り立たせることはできない。親や兄弟などの身内の関与、時代の流れなどが、いつもその人の暮らしに変化を与えて来た。その人の生活は、当人の意図に沿うべきものではあるのだが、運命はいつも流される部分を持っているようだった。そして、その不当な流れに耐えることが、その人の才能の一部とさえ思われるまでになった。

母が生きていた頃、私にとってペットを飼うということは、してはいけないことだらけだった。抱いたらすぐに手を洗いなさい。決して動物を寝床の中に入れてはいけません。人間の食器に口をつけさせてはいけません、という具合だった。しかし私一人になると、私は二匹の猫にしたい放題のやり方で接した。人間の食物は与えなかったが、彼らが夜、私の毛布の中に入って来るのを拒まなかった。誰も見ていないのだからいいや、と感じたのである。ことに雌の「雪」はヒゲで私の頬にさわり、私の腕の中で眠りに落ち、間もなく暑くなるのか、深夜勝手に私の寝床を抜け出して床に下りるようになった。私は半分夢の中で「そうだ、猫も人間も自立が大切」などと思いながらほっとする。

私は夫がいなくなって初めて、自分の生きたいように暮らすことを知ったのだ、と言ってもよかった。それまで私は、両親の娘、やがて夫の妻、息子の母として、自分の家の中でも、自分の行動が家族の他のメンバーにどういう影響を与えるか、ということを反射的に考える癖がついていた。しかし人生の終焉の頃になって、私は初めて自分勝手な生き方を許された。だからいいというのでもなく、悪いというのでもない。私はそういう状況に置かれたのだ。そして人間はどのような立場になっても、生きている限り、そこで自分を生かすほかはない。囚人になっても、難民になっても、外国人として迫害されても、自殺するだけの気力がなければ、人間は自分を生かすための配慮をするほかはないのである。つまり人間は、必ず個々に、生きる場を与えられる。どれも過酷でないことはない。

『人間にとって病いとは何か』　幻冬舎

家庭は休まる所なのか

父と母は、昔風の見合い結婚である。母は十人並みの器量の娘であった。福井県の港町の生まれであったが、母の父は回漕問屋で、浮沈の激しい家であった。贅沢を知っていた時代もあったらしいのに、後に家運は傾き、町の人が「お布施米をもらうか」と聞きに来るほど没落した。九歳年上の兄は、日本画家になりたいほど絵が好きだったが、やがて薄層ゴムを作る方法を開発し、東京で会社を作った。当時はまだビニールなどない時代で、母の話によると、伯父が初めて日本で薄いゴム・シートを作ることに成功したのだということになっているが、真偽のほどは確かではない。

父は大学卒業後、商社に入ったが、母と結婚することになると、妻の兄である伯父に請われて、ゴム会社に入ることになった。役員の席が用意されていたわけだが、典型的な同族会社である。父には「俺は別に妻の引きで仕事をするような人間ではない」というプライドがあったのかもしれない。しかし父にほんとうの自信があれば、外界のことはすべて笑って受け流せたはずである。

しかし父はそうではなかった。私の記憶にある父は、少し自分の気に入らないことがあると、すぐ母を苛めていた。些細なことを少しも許さなかった。今日は何時までに帰ります、と言ったことが三十分遅れても、取れていたボタンを一つ母がつけ忘れても、伯父が会社の仕事上のことで父と約束したことが果たされなくても、父はすべて母に文句を言った。それは、しばしば夜半過ぎまで続いた。私は眠れなかった。当時私たちが住んでいたような家は、つまり木と紙でできていた家である。夫婦喧嘩の声は、当然隣の家にも筒抜けであろう。まだ幼稚園だった私は、既にそのことを恥じていた。父はそれでも自分の心が納まらなくなると、暴力も振るった。母を殴り、母の着物を裂いた。眼の前の食卓にあるものを総てひっくり返した。

考えてみれば、殴られたと言っても、病院に担ぎこまれたわけでもないし、着物を裂かれるなどということくらい……別に大したことではない。しかし異常な家ではあった。父がいる限り、家は休まる所ではなかった。母が殴られる時、私は泣きながら止めに入り、私もひどく殴られた。私の顔はそのため腫れ上がったり青痣になったりしたので、私はみっともなくて学校に行きにくかった。私は遅刻して腫れが少し引くのを待ち、友達に「どうしたの？」と聞かれた時には、「夜中にお手洗いに起きたら、寝惚けて柱にぶつけたの」と答える心の準備をして出かけた。その時、「父に殴られたのよ」と言えたら、どんなに楽だっただろう。幼い、ということは、今にして思うと見栄から抜けられないことと同義語であった。極く親しい友達だけが、私の当時の家の空気を知っている。父は私の友達が来ていても、彼女の手前、母に文句を言うのを止める、ということさえしなかった。友達と私が遊んでいると、突如として母たちの居間の方から何か大きな音がする。父が何かを投げつけて壊している音であった。私は気まずい思いで話を続ける。しかし二人ともその音をしっかり聞いているのであった。その友達が後年、私に「あなたのうち、地獄だと思った」と私に言ったので、私は「アレ、私は地獄よりは少しましだと思ってたから甘いのね」と笑った。私は何度か父を瞬間的に殺そうと思ったことがある。母を救うためであった。それくらいなら、母と私がうちを捨てて逃げればいいのに、その時、どうしてそう思えなかったのだろう。しかし当時、子持ちの女が、すぐ職を見つけて働く場所などたやすく見つからない時代だったから、私たち親子は、父の所でしか生きる場所がなかったのだろう。

今でも尊属殺人は刑法第二百条によって死刑または無期懲役である。それは一般の殺人が死刑または無期、もしくは三年以上の懲役、というのとは全く別の取扱方である。現代は少し気に食わないことがあると簡単に金属バットで親を殴り殺す時代だとも言う。しかし私の実感で言うと親を殺すという発想自体が、既に自然に背いた異常な状態である。そしてまた、親や子、と言った切れない繋がりを持った関係でなければ、殺すほどの思いには決してならないのである。私は今までに、その時以外に人を殺そうと思ったことなど一度もない。他人を殺す理由など、あるわけがない。他人はみんな一応の間隔を置いて、私に優しくしてくれるばかりであった。そして父に対してさえ、私が父から逃れるすべを知るようになった時には、まだ恐怖は残っていたが、父の幸福な生活を願う気持ちしか私の中にはなかった。

尊属殺人の刑が重すぎるという世論が起きたことがある。親を殺すということはほんとうにみじめなことだ。だからそれを救いたいという人がでるのである。しかし私は別の理由で反対であった。親を殺すなどということは、自分の一生を捨てる覚悟でやることだ。そしてそれは自分の死をもって詫びることなのである。十歳の頃から、私は自分が死刑になることと引換えに、母を自由にしたい、と願った（未成年の子供は親を殺しても死刑にはならないなどとは知らなかったし、考えることもできなかったのである）。親殺しをしたら、私はらなかったし、一生をめちゃくちゃにしてその罰を受けるべきであった。親を殺しておきながら情状酌量をしてもらって、余生を人並みに暮らそうなどということはあまりにも厚かましいことだったし、そんなことが許されたりしたら、それは現世の折り目正しさを乱すことだと思っていた。

家庭が休まる所だということは、結婚して初めて知ったのである。しかし私はそのためにぐれたりはしなかった。家庭が整っていないから、子供がだめになるというのはほんとうのようでいて嘘である。私はたくさん「火宅（かたく）」に育った子供たちを知っているが、彼らは、多少ものの見方が私のように歪むことはあっても、それでぐれたりはしていない。

改めて言っておきたいのだが、父は決して、不道徳な人ではなかった。盗んだり、義理を欠いたりすることもなかった。酒飲みでもなく、賭博もせず、女癖さえ悪くなかった。それどころか、律儀で機嫌のいい時は実に気さくにさえ見える人であった。ただ父は人を許すということだけができなかった。だから私は聖書の中で、聖パウロが愛の定義の最初のものとして「愛は寛容なもの」と切り出す言葉を読むと、今でも心が震える。

父から私はどれほど多くのことを学んだか。私は母が父に叱られるのを防ぐためだけに、嘘をつくのも見て来た。私はそのことがあったので、嘘の効用を思うようになった。暴力を振るう人は、強いのではなく、弱い人なのだ、ということも知った。しかし何よりも大きな発見は、憎しみは愛と裏表の関係だ、ということであった。関心がない人に人間は愛はもちろん憎しみも抱かないのである。

先日或るパーティで一人の実に美しい女性に会った。或る代議士の夫人だと紹介された。二人きりになった時、その方は私の本を読んでいると言われ、それから自然に父の話になった。

「私の父も、曽野さんのお父さまと同じでした。むしろもっとひどかったと思います」

「じゃ、お互いにとっくに家庭内暴力なんか体験済みですのね」

と私は笑った。そんなことを話し合いながら、私はふと、二人が不幸な父たちのことを話す時、ずっと昔、家出をした息子たちの話をしているような口調になっていることに気がついたのであった。

『悲しくて明るい場所』 光文社

二人で暮らし始めたとき

三浦朱門にとって、結婚はただ、二人で生活を始めることであった。彼は他のことはどうでもよかったのである。お金があればそれも結構、なければないで自分が日大の助教授としてもらう月給の中でやるから、それも結構。生活の水準は、できる範囲でやればいい。金がなければ貧乏ったらしく住み、少しあれば人並みの愚かしい贅沢もする。そんな感じであった。

私が母と住むことに執着したので、結婚後も私たちは私の育った家に同居した。その結果確かに家賃もタダで済んだのだけれど、家を出るなら出るで、私たちは、たいして困らなかったと思う。私は昔から母を連れて父の家から出て、四畳半一間を借りて私が稼いで母を食べさせる生活をすることが憧れだったから、質素な生活など、ものともしなかったろう。私はむしろ慎ましくはあっても自分の力で自由に生きる生活に、輝くような幸福を見つけられる自信があった。しかし母が寂しければ同居もいいと思ったし、結果的には子供が生まれた時、母はずいぶん育児を手伝ってくれたから、それが私のかけだし作家としての生活を可能にしてくれた。しかし三浦としたら、やはり二人だけで生活を始めたかったろうし、夫婦と子供だけで暮らすことを生涯夢見ていたと思う。

しかし女房にした女が、一人娘で、その母親が娘から乳離れしていないとあれば、それも仕方がない。後年私たちは三浦の両親と同居したが、その時は私の方がそれは当然だと考えた。結果的に私たちは、夫婦だけで身軽に住んだこともなく今まで生活してきた。

それでいいのである。結婚というものは、利点だけを得るものではない。その人が好きになったら、その人に付随してくるものは、病気も不運も係累も、すべて受け入れるものである。それに、病気も不運も係累も、決して悪い面ばかりではない。病気や不運は避けた方がいいのは当たり前だが、それらのものが人間を大きく育てたというケースはいくらでも見られる。ことに係累からは、私たちはたくさんのことを学ぶ。理想的な関係もないかもしれないが、私は夫の両親と住むのを嫌だと思ったことは一度もない。

『悲しくて明るい場所』　光文社

暮らしは割り切るしかない

同人誌『新思潮』の会合に初めて私を連れて行ってくれたのは三浦朱門でした。初めて会ったときの話をすると、いつも笑われます。

顔も知らない人と会うので、どこで待ち合わせるのかと尋ねると、手紙で、新宿駅の×番線のホームにゴミ箱があるから、そこに立っていろと言うんです。するとそこに蜂蜜色の背広を着て、毛の赤い、にやけた感じの人がやってきたんです。私たちはそこで会ってから例の本郷の荒本さんのボロ下宿に行ったんです。

三浦朱門は東大言語学科を卒業して、日大芸術学部の講師をしていました。本当は文化人類学をやりたかったそうですが、時代が悪くて外国の調査もできない。それでしかたなく類似の学問かと勘違いして言語学科にいったらしいのですが、語学の才能があるという面はまったくありませんでした。ただ、英語の学力はあったので私もずいぶん習いましたし、自分の息子が大学に入った後も難しい英語を教えていたようです。本当の学問ができなかった憂さ晴らしでしょうか、当時小説を書いていて一九五二年に発表した小説『斧と馬丁』が芥川賞候補となり、「第三の新人」の一人などと言われたのです。

ゴミ箱の横で朱門と知り合って、ちょっと偽悪家的な感じがしました。「僕はウソつきです」と言ったんです。これはずいぶん用意周到というか、手のかかった表現で彼がもし本当のうそつきなら真実を語ったことになりますし、うそつきでないならこれも本当のことを言ったことになります。意外と用意周到な人なのかと思いました。最近は年を取ってまったく別の人格みたいになりましたけど。

初対面のときを朱門はこう言っているそうです。

「手紙と作品をもらい、二十歳の女の子にしては書けると思った。仲間に相談したら女性が入ってもいいと言う。でも文学少女なんていうのはブスに違いない。目立たなくていいよう、大きなゴミ箱に並んでいるようにと書いたんです。でも僕が着いてから彼女がやってきた。ゴミ箱と並んで得をしたのは僕のほうだったかもしれない」

朱門は今も同じです。先日、湯島天神に合格祈願の絵馬が奉納されている光景がテレビで流れたら、「僕なら『こいつらみんな落ちますように』って書いてくる」と言う。「そうすると僕が入れるから」って。発想の仕方が昔と同じ不良中学生のままです。

最近の我が家は秘書たちとお昼ご飯を食べるので、昼食は五、六人になることがあるんです。私が倹約して新鮮だけど安い干物を買っておいて冷凍してありますから、午前中我が家の台所にはそれを解凍するために、干物が五、六枚並んでいることがあるんです。すると朱門はそれをちらと眺めて「うん、魚の死体だな」と言ってどこかへ行ってしまう。秘書たちが私に言いつけに来るんです。年を取って自分の言葉の効果なんかまったく考えない人物になったんでしょうね。

当時、不良青年のことを「イカレポンチ」と言ってましたが、本当にイカレポンチの軟派青年でした。言葉が全部常識はずれ。ただ、ダンスがうまいとか、クラシックの音楽会に連れていってくれるとか、そういう素敵な青年ではない。

聖心女子大の同級生たちは慶応大学の男の子が好きだったんですよ。ピアノが弾け、車が運転できるしダンスに誘ってくれる。私もそういう素敵な青年をいっぱい見たけれど、つきあっていると疲れてしまう。私が野暮だったんでしょうね。

当時、伯母が一生懸命になってお金持ちの方とお見合いもしました。でも、大きなお宅に行ってみると階段が三つ、トイレは四つある。そんな家を一人で掃除するのか、これはダメだと思った。私はお金持ちの生活に向いていない。

朱門は性来寛大なんです。いいかげんだから相手もどうだっていい。朗らかで文句を言わない。私は父の機嫌を悪くしないよう毎日恐れながら暮らしてきたから、とにかく寛大な人ならいいと思っていたんですね。

彼が助教授になって月給がもらえるようになったので、一九五三年十月、大学四年のときに結婚しました。二十二歳でした。『新思潮』の仲間は「あいつとだけは結婚するな」と言っていたけれど、私は素敵な人より、本当のことを言う人がいいと思っていた。お陰様で、今でも毎日、笑っていられます。結婚後も母と同居して、家事は母任せでした。

　プロの作家になった翌年の一九五五年、息子が生まれました。私は二十四歳。ひたすら書くことと子供の世話だけという生活でした。その当時、女性の社会進出がジャーナリスティックに取り上げられていて、「仕事と家庭生活を両立させるにはどうすればいいですか」という質問を盛んに受けたものです。

　私の場合はまず親と同居して母親を適当に使ったことがよかったんです。当時すでに親の世代とは住まないことが当然というか新しい家族の形態のように思われていたんですが、私は一人っ子でしたし、母と父は仲が悪いのですから、母は私と住むことで父からの重圧をごまかしていた面もありますしね。別居は考えられませんでした。

　今でも子育てが大変だというのは親世代と別居するからだと思いますよ。子どもが熱を出しても同じ家ですから母に看(み)てもらったり、時には添い寝をしてもらうこともありました。変化があれば母がすぐ私を呼びにきますから、解決は簡単なんです。
私は割り切っていました。一日は二十四時間しかないんですから。結婚生活と作家の生活を両方とも理想的にやれるわけがない。限られた使える時間を二つに分ける他ないんです。

『この世に恋して』 ワック

一つ屋根の下で暮らすということ

夫が死んでから、私は一軒の家の責任者になった。直助もその中の住人だ。私の家は、それなりに賑やかだ。昼間は秘書も通ってくるし、お客さまも少ないほうではない。

私はある時、自分の住む町の、航空写真の俯瞰図を手に入れた。週刊誌のページを切り取ったものである。

私の家は住宅地として整備された地区にあるのだが、それでも我が家を探すには、目を凝らさねばならない。

一軒の家の屋根は実に小さい。他に豪邸もあるが、そういう家でも、多分、屋根はあまりにも小さい。

その下に、数人だか数匹だかの命が住んでいる。ただ、その屋根の家の持ち主には、それらの命を幸せにする責任があるように私は思う。

幸せといったって大したものではない。

清潔に暮らし、質素でも身体にいい食事をし、各人の目的に適った生涯を送ってもらえるように計らう。

のんきに休む日も必要なら、無理しても働かねばならない日もあるだろう。それが生活というものだ。

そうした伸縮性に富んだ日々を共に暮らしてもらうためにも、一つ屋根の下の主には、統率力がいる。

政治家なら、複数の、というよりさらに多勢の国民の幸福を担う責任があるだろう。

複数の人間の幸福を叶えるということは、なかなかむずかしいことだ。人間には魂の部分が大きな比重を占めるから、肉体だけでなく、心を満たすという仕事も加わるからである。

個人の家なら、家族か、それに準拠する人の幸せを叶えることだけを目標に働けばいい。

その人に病気があるならまず病気を治すことを、入学試験に受かることが目標ならまず受験に成功することを、何かの競争に勝つ目標があるならそれに勝てるように助力すればいいのである。

そしてその途中で、成功も、目標の達成も、決して一人の力だけではなく、運や、周囲の人たちの助力など、すべてが働いてこうなったのだ、という謙虚な判断ができる人格に導くようにすればいい。

しかし普通の個人が一つ屋根の下で責任を持つ命の数は、そんなに多くない。数人と、ペットがいれば、その数だけの命を温かく燃やせるようにしてやればいいのである。

今日一日、この小さな屋根の下に住む命を楽しくする、ということが、目下の私に命じられたことだという気がする。

幼い頃、私の父は気難しい人で、母はいつも父の機嫌を恐れて暮らしていた。家は心休まる空間ではなかった。

父は機嫌が悪くなると、夜通し母を眠らせずに、文句を言い続けるような性格だったからである。

しかしそのおかげで、私は生きる目標を見失わなくて済んだ。

私は相手の心底の希望などわからなくてもいい、と思うようになった。

しかし私は今日一日、今晩一晩、共にこの屋根の下に住む人ができるだけ楽しいように計らえばいいのだ。簡単なものだ。それでも私の仕事は、書くこと以外にも充分ある訳である。

『人生の退き際』小学館

洗いすぎないほうがいい

夫が死んだ後、今、どこに住んでいるか、と、世間の人が未亡人に訊く意味を、私は夫の死後やっと気づくようになった。

残された家族が転居するのは、財産相続としてそれまで住んでいた家をもらった後でかかって来る税金のために、その家を売らねばならないケースで、それは決して珍しくはないからだという。そういう税法が、国民に優しいと私は思わないけれど、個人主義的に考えれば、夫の稼いだ資産で遺族が楽な暮らしをしなくてもいい、というのも筋が通っている。

配偶者が死亡したからと言って、少しまとまった財産をもらうのは、話がうますぎるという考え方もわからないではない。しかし不動産の相続はそれ自体すぐ使えるお金を受け継ぐのでもない。残された家で下宿屋をすれば、遺族の食費くらいは出るだろうが、下宿業はよほど知識をもってから始めないと、利益を生まない、という話をどこかで読んだこともある。それに下宿業は、最初からその目的のために建てた家でないと、さまざまな不便がついて廻るだろう。

私が今住んでいる家は、一人娘の私が、父母から受け継いだ土地に半世紀ほど前に建てた家で、土地の形から親たちの時代の間取りを少し受け継いでいる。故に、改めて人に貸したくても、借り手もないに違いない。

税金を払えない不動産は売り払う他はない。しかし私はそうする気もなかった。体力がなくなっているこの年になって、家移りなどしようものなら、誰かが病気になって普通の生活もできなくなる。

自分が老いる前に、夫の両親と自分の母と、合計三人の老世代を見た私は、老人の生活は大きく変えないのが一番いい、ということを知っていたのだ。

いつも言うことだけれど、老人は皆、罅（ひび）の入った茶碗のようなものなのである。昔の人は、陶器の扱いも心得ていて、湯飲みなど、茶渋をきれいにしようとして、ミガキ砂などであまりごしごし洗わない方がいい、と私に教えてくれた人もいた。

それは、たいていの場合湯飲みには罅が入っているからで、それをそのまま使いたいなら、あまりきれいにしない方がいいというのである。

もっとも私は茶渋に不潔感を覚えるたちで、割れるのを承知で洗剤とタワシで洗っていた。だからと言ってざっくり割れてしまったという記憶はなかったから、昔の人の知恵はあまり正しくはなかったとも言える。

しかし洗いすぎない方がいいという説は、何となく人生の機微を伝えているようだった。人間は汚れていて、自然なのだろう。それに私は、罅が入ってもなかなか割れない茶碗が、「しぶとい」存在に思えて愛着を覚える性格でもあった。

よくできた息子や娘ほど、自分の親たちに、いわゆる「いい生活」をさせたがり、新しく家を建てたり、マンションに引っ越したりする。すると親世代は変わった環境に耐えられなくなって、ひどいことにもなるのだ。

洗面所の使い方だって、今まで通りなら何も困らなかった。しかし新しい家になると、洗面所で馴れないカランをいじっているうちに熱湯が出てきたりする。今まで通り古い家に住んでいれば、トイレの失策をすることもなくて済んでいた認知症の老人が、新居に移り住んだ途端、押入れで用を足してしまったという話を聞いたこともある。今までの家なら夜中に起きても、右の方に五歩歩くと、そこがトイレのドアだというふうに、体が覚えていたのである。

しかし孝行息子が新しいマンションを用意してくれたりすると、押入れをトイレと間違えるようになった。いままで一人で暮らせていた老人が、突如として厄介者になったのである。こういうことはよくある。罅割れ茶碗の扱いには、哲学も要る。

『続 夫の後始末――今も一つ屋根の下で』講談社

安定した人間関係とは

私はいつも――夫の生前も死後も――住む場所や金銭上の生きる方法の解決以上に、人間関係の安定を望んでいた。

その頃、私には「一つの屋根の下」という言葉がしきりに頭を過（よぎ）った。状況はどんなでもいい。戦乱や大災害の後でもいい。とにかくその日その夜、最低雨漏りのしない屋根を持っている人が、知人の家族、親族、縁者などを泊めてその夜を過ごす。できれば屋根だけでなく、その晩お腹がいっぱいになる食事もふるまえればいい。

私の家は、もう六十年も経つ古屋で、始終修理をしているからまだどうやら雨漏りはしていないけれど、時々とんでもない古い景観が残っている。家の一隅に置かれた古い「黒いダイヤル式」の電話器を見た若い編集者の女性に「これ、どういうふうにして使うんですか？」と訊かれたこともある。

私は、人には長生き、物には長保（も）ちを望んでいた。大した理由はない。強いて言えば、けちの精神の結果である。人だって物だって「ここまで来るには」時間も手数も、もちろんお金もかかっている。つまり原価は安くないということだ。だから大切にしっかり使わねばならないということだ。

私は安定した人間関係を望んでいた。夫の亡くなった後、息子か娘が家族ぐるみで帰って来て、一人になった母親の近くで住みましょう、と言ってくれる例は多いが、我が家の場合はそうはならなかった。我が家には娘はいず、一人きりの息子は関西に住んでいる。

それに私は息子に不憫に思ってもらう要素もない老母だったのだろう。私はまだどうやら現役で書いていたし、周囲に気をつけてもらわねばならない深刻な持病もなかった。治りもしないが生命に別状はないというシェーグレン症候群という膠原病（こうげんびょう）があるだけだが、この病気も悪くなった時だけ三十七度台の微熱が出てだるいだけだった。医師から「日光に当たらないで下さい」と言われるのが唯一の不自由という気楽な病気である。

その上たまたま、私の家にはイウカさんというブラジル生まれの日系女性が長年一緒に暮らしてくれていた。イウカさんはもう七十歳は超えているらしいが、健康で明るい性格だった。ブラジル育ちと言うが日本語も立派で、決して単語に外国語などを混ぜたりはしなかったし、かつお節のお出汁の取り方も完璧だった。

イウカさんにはたった一人妹さんがいた。私は将来イウカさんが、私の死後に私の家から離れた時、妹さんがいるから淋しくなくて安心だと思っていた。姉妹というものは、ケンカくらいする時もあるだろうが、やはり心底気楽で楽しいものなのだと思っていたのだ。その妹さんが、或る日曜日、一緒に外出の約束をしていて、訪ねてみると亡くなっていた。

余計なお世話だが、私はこの事実に少しうちのめされた。年齢から考えても当然私が先に死んで、その時この家は解体する。その時にこそイウカさんの楽しい老後が始まらなければならない。そうなった場合、この妹さんの存在が大切になるだろう、などと勝手に小説家的憶測をしていたのだ。

人間の運命は本当に予測がつかない。しかし日本人の九十九パーセントまではともかくどこかの屋根の下で濡れないで暮らしているのだ。その夜を一つ屋根の下で過ごした人は皆家族だ。犬も猫も、山羊(やぎ)も羊も、もしかするとノミもシラミも家族だ。なぜならばその夜一つの屋根の下で生きる命はすべて運命共同体なのだから。

『続 夫の後始末──今も一つ屋根の下で』講談社

猫を飼う矛盾

ずっと以前から、疑問に思っていたことがある。それは人間が道義的に経済的に、ペットを飼っていいのだろうか、ということである。

最近の新聞で中国のペット・ブームの記事を読んだ。中国のペット市場は最近急成長しており、年間約二千百億円規模の市場に近づいているという。

香港系の新聞「文匯報」によれば、国民一人当たりの国内総生産額（ＧＤＰ）が三千から八千ドルに達するとペット市場は活性化するという。上海市では近年一人当たりのＧＤＰが五千ドル近くになり、中国のペット市場は年々十五パーセントずつ伸びているらしい。上海市の登録犬は八万匹だが、現実には七十万匹が飼われているだろうというのも中国らしい。

私は雑種の猫を二十二年以上も飼ってしまった。獣医さんは二十四歳だというが、それは記録の間違いだろう、と思う。とにかく猫がそんなに長生きするとは思わなかったのだが、二十年以上生きられるとこちらが先に死ぬ「逆縁」

になって社会に迷惑をかけかねない。大して痛みもせず老衰で死んでくれて、私はほっとした面もある。

この猫はれっきとした雑種で、しかも二目と見られぬブスであった。しかし頭は悪くなかった。私たち夫婦はどれだけこの猫とお喋りをして過ごしたかしれない。

夏になると必ず食欲をなくして痩せ細るこの猫に、私は時々こっそりアユを食べさせていた。この猫は舌が肥えていて、どんな時でもアユなら必ず食べたからだ。獣医さんのところに連れて行けば、必ず数千円かかる。しかし養殖のアユなら、二匹で五百円。一匹が二百五十円。二回、食欲がつけば、体力は大体回復する。獣医さんかアユか、どちらが安く済むか単純な計算だろう。

しかし私は長い年月、この猫に餌をやりながら矛盾を感じていた。

アフリカには、今日も食べるものがない人々がざらにいる。貧乏とは、今晩食べるものがないまま空腹をかかえて寝ることなのだ。しかし私の猫は、時間になると腕時計もないのに、必ず当然の権利のように、餌のお皿の前に座って待っている。私は彼女の料理人なのである。

しかし私の知り合いで、何人も心の傷をペットの存在で癒した人がいる。夫や子供がいなくなった後、ペットとだけ語り、ペットのおかげで散歩に出て健康を保って来た人もいる。そういう場合ペットはもはや人間と同じ重い存在だ。

人間は誰かといっしょでなければ生きられない。猫も人間が傍にいなければほとんど長生きしない。ペットを経済効果として、或いは倫理的・道義的な存在としてどう考え、どう計算したらいいのか、私のような素人は本当に深く迷うところだ。

「直助」が家に来たとき

夫がいなくなって寂しいから、意図的に猫を飼ったのではない。私は動物を飼うことに、かなり慎重な性格であった。一生の面倒を見ると約束するなどということは、軽々にしてはいけない、という心理が常に働いていた。今の私の年を考えたら、この子が死ぬまで私が生きている保証もない。しかし私はその時、それも考えなかった。この世で起きることは、計算通りではない。予定していたことも、していなかったことも、すべて音も立てずに変化して行くのだから、人間の配慮というものにも、限界はある、と最近は感じているのである。

子猫は男の子だったので、店を出る前に「直助」という名前にしようと決めていた。

なぜ直助になったのか、とよく聞かれる。私は横文字風の牡の名前を全く知らなかったからである。牝の名前だって、知っているのは「ミケ」か「タマ」か、「ミイちゃん」だけだ。

直助という名はどんな仕事にでも向く。駕籠(かご)屋でも、煙管(きせる)屋でも、漁師でも、掏摸(とうも)でも、合わない職業はない。猫は就職しないから、そんな配慮は要らないのだが、すべての変化に備えておくのも「配慮」というものだ。今に猫も働く時代がくるかもしれない。

私にはいつもそういう姿勢があった。だから息子の名前も、どんな職業でも向くようにしてある。

直助はこうして我が家の一員になった。

私は面倒見がいい性格ではないのだが、命というものに対しては誰でも「待ったなし」である。

今、私の生活は、毎朝キャットフード用の深皿をきれいに洗浄し、水のいれものも洗う。猫が不潔なものを口にしていいはずはないと思う。だから猫の世話をひとしきりする事で、体も動かす。

直助は血統書つきの猫だから、嘘かほんとうか知らないが、誕生日も明記された履歴書がついてきた。

「原産はスコットランドみたいですけど、生まれたのは、茨城県ですよ」

と我が家の秘書は正確なことを言った。

息子のお嫁さんは、大学の図書館で、スコティッシュフォールドの謂われを調べて来た。つまり或る時、スコットランドの田舎で、へたり耳の猫が突然生まれたということらしい。耳が折れているせいか、眼が大きくてかわいい顔に見える。へたり耳さえ売り物になるとすれば、人間も、自分に対して簡単に絶望しない方がいい。秀才に飽き飽きした社会が、ある時突然、頭があまり鋭く動かない鈍才に、新たな魅力を感じるようになる、という時代だって来るかもしれないのだ。

私は半世紀前の、自分の子育てを思い出していた。そして子供の時には、何と真剣に、まともに、つまらない子育てをしていたものだろう、と思った。私は今、直助と遊びながら、三カ月の子猫の子育てができるのである。

一番可哀想なのは、直助はまだ乳離れをしていないことだ。毎日夕暮れ時になると、私の体にしがみついて、私の着ているシャツを涎だらけにして、両手でおっぱいもみもみの仕種をしながら、私の体に顔を埋める。無念無想でお母さんのおっぱいを吸っている自分に没頭しているのだろう。それが母猫と離されたかわいそうな子猫の現実だと思うので、私は毎晩、直助を寝かしつける前に、一時間くらいは抱いていてやることにした。できればブリーダーに連絡をして、直助のお母さんを探し出し、もう一度でいいからおっぱいを飲ませてやりたいという気がするけれど、世間の仕組みはそうなっていない。それに直助自身が間もなく、そんなことよりもっと自分にとっておもしろいことを見つけだすだろう。

現に今朝は、庭でダンゴムシを見つけた。ちょっかいを出していたが、丸まった虫に対抗しているうちに気持ちが悪くなったのだろう。肉球の間にダンゴムシを挟んでごみ屑籠に捨てた。最近の猫は、要らないものをごみ箱に捨てる知識さえある。

年を取ると、すべての物を見直す事ができる。価値観の変換が自由に行われる。直助の相手をしながら私は子育てをもっと楽しめばよかった、と思ったが、当時はそんな心の余裕がなかったのだ。

　上からの目線という視覚は、最近悪いことの代表のように言われているが、人間、なかなか上からの目線になれない。乱闘の現場に踏み込んで行って、自分も当事者として拳をふりあげそうになる。

　しかし幸いにも、年を取ると体力がなくなるから、仮定にしてもそのような視線にはなかなかなれない。

　私は中年から、途上国へ現実に行くことで、この日本とはあまりにも違う土地で生きる自分の実相に近いものを観ることができた。バイ菌だらけの水も飲まねばならなくなっている自分。疲れ果てて何一つする気を失った私。せめて埃を浴びない状態で思考してみたい、などと本気で願っている自己、などを実感すると、なんと弱いのだろうと思ったのである。

　若い時の私は、もう少し物質的だった。中古でもいいから小型車を買いたいと思ったり、知的な面では、二十万円余もするユダヤ辞典さえ買えれば、急にユダヤ教についての物知りになれるのに、と執着したりした。

人には誰にも、変更できない運命の部分がある。人道的配慮は、それらの不平等性を、すべて取り除けるようなことを言うが、そんなことはあり得ないし、また無意味であろう。だから人為的に動かせない運命の部分に文句を言っている隙に、人生の持ち時間を失うことが多い。

直助が我が家に来たことが、彼にとって不幸か幸福か、そんなことを考える必要はないのだ。それがお前の人生、ではない猫生だ、と言えばそれでいい。そこから私と彼の生活が始まる。二人の暮らしを、おもしろいと思うか、不運と歎くかは、誰にも予測できない。

『人生の持ち時間』新潮社

第 5 章

終(つい)の家で死ぬということ

人が死ななくなったら

うちのおばさんは、今の土地に住みだしてから、もう半世紀以上になるそうです。

半世紀っていったら、古い話ねえ、きっとその頃にはこのあたりにも、恐竜がたくさんいて、氷河もあったんでしょうねえ。

時間というもののない猫にとっては、半世紀なんて途方もない長い年月のことは、てんでわからないのよ。

だから、長い、ということは、それだけで悪なんです。

いつか、うちのおばさんは、人間がもし死ななくなったら、ということを半日考えて暮らしただけですっかり鬱病になってしまったことがあるのよ。私、ちゃんと知ってたんだから。

死ななくなったら、人間は永遠に働かなきゃならない。

嫌な人間とも永遠に顔を突き合わせていかなきゃならない。

痛かったり歩けなかったりする病気も、永遠に我慢しなければならない。

生きることにどんなに疲れても、自殺という解決さえ残されない。

これはもう地獄そのものなんですってね。

だから適当に死ねてよかった、と人間は自分が「死すべきもの」であることに深く深く感謝すべきなんですって。

『飼猫ボタ子の生活と意見』河出書房新社

形のないものの存在

世の中のすべての存在はその容器と関係あるのだが、一応の形がある。水を入れる場合は、方円の器に随って水筒にせよバケツにせよ、円筒形に類似した形になる。

雲にさえ形がある。私は気象の研究に熱心な子供ではなかったが、雲の形には実におもしろい名前がつけられ、その上、その雲の形状が示す「明日の天気」とも密接な関係があるらしい。

しかし、私は最近、徹底して形のないものの存在、を感じるようになった。「疲労」である。

今年二月、三浦朱門が死亡する直前の一月末頃、彼の血中酸素の値が極度に減っていることが発見されたので、ホームドクターが、救急車で入院する手筈を取って下さった。彼自身は、僕は家で死にたい、と言っていたので、ドクターは生半可なことではこの人もこの家族も入院して寿命を延ばすという生き方を選ばないだろう、と思っておられたらしいが、この数値は多分「待ったなし」の手当てを命じているものであった。

三浦はこの一月で九十一歳になっていた。しかも、死の十日前まで、足腰が弱ってはいたが、一応日常生活のできる普通の老人だったのだから、運命に感謝しなければならない、と当人も家族も思っていた。

これが内戦下のシリアなら、血中酸素の値とか、救急車で運んでもらうなどという贅沢な発想は誰にも許されなかったろう。

一方家族の中で、唯一看護人の立場を取った私は、自宅で最期を迎えたいという三浦朱門の希望を、何とかして叶えたいと考えていた。

強いて朱門が最期まで自宅に執着した理由を挙げると、彼は好きな本の中で暮したかったからである。

療養するようになっても、朱門は初めのうちは、毎日駅前の本屋に自分で本を買いにでかけていた。そこで必ず単行本を一冊買って帰る。一日に「タバコ一箱」という感じだったし、まだかなりのスピードで読めたので、「今日の一冊」

があれば、一日心穏やからしかった。もっとも一日一冊の本は、十日経てば十冊になるから置いておく場所が要る。自宅なら病室に当てた南向きの部屋には低い出窓があった。そこを本置き場にすれば、かなりの書籍のツン読が可能だった。しかし病院ではそうは行かない。朱門が自宅に執着したのは、本を置く空間があるからだった。

朱門は昔から片耳が聞こえなかった。幼時に中耳炎を患い、片耳の鼓膜が欠損したまま治ったため、そちらは聴力を失ったままであった。

私の生まれつきの強度の近視のように、このハンディキャップが、彼に忍耐強い、しかしいささかうちに引きこもりがちの性格を作ったのかもしれない。

テレビはめったに見なかった。音声が聞こえにくい番組もあったからだろう。画面表示や、耳元近くで音を大きくする装置もあることは知っていたが、そのようなものを是非欲しいとは言わなかった。とにかく本がありさえすれば、まだ裸眼で読める自分の恵まれた目で、好きな時に好きなテンポで読める、ということに、彼は満足していたのである。

まだトイレは自分で行っていた。体力がなくなると、自分で車椅子を漕いで、トイレの扉の前まで行き、中に設えられている手すりを使って用を足すことができた。

私には奇妙な性格があり、もう五十年も前、まだ我々夫婦の両親も全員が健康でこの家に住んでいた頃から、家中の段差をなくし、トイレさえ床も壁もタイル張りにして、しかも床にはドレインをつけて置いた。誰かがトイレを汚すような年齢になった時、その汚れを掃除する役の者が大きな負担を負うことになる。

当時はまだ、ウエット・ティッシュのような発想の掃除用品もなかったから、私は汚物そのものを、紙で取り除いた後、汚れた床を石けん水と温水で、浴室の中のように洗い流すことができるようにしておいた。ついでに強力な換気装置もつけたから、水で洗い流されたトイレの床や壁は、自然乾燥する。私は人が屈んで床にはいつくばって汚物の処理をしなければならない作業というものを、できるだけ取り除こうとしていたのである。

朱門は実は、自分だけのトイレを持つことが、最高に贅沢だ、と笑っていた。できれば、そこに三浦朱門という「表札」を掛けたいというのである。中に書棚を作ろうとは言わなかったが、多分読書三昧を許される場所と考えていたのだろう。だからトイレの中は、ほかの所よりさらに清潔であることが、彼の一つの幸福の形であった。

『人間の義務』新潮社

同じ土地に住み続けるということ

私は東京の東の端の葛飾区に生まれて、満二歳くらいの時に、山の手と言われる土地の、ほとんど神奈川県に近い西の新開地に移り住んだ。親たちが比較的安い土地を探して買い、家を建てたのである。

それ以来私は七十年以上同じ土地に住んでいる。戦争中隣組と呼ばれたご近所の歴史を知る家もほんの二軒くらいになってしまった。戦争中に、空襲で焼失するのを恐れて何軒かの家が移転し、その後相続税などを払うために、また家を売った家族が増えた。

その後に入って来た人々がほんとうの新興階級である。私の父母が買った頃の地価は、一坪一円何十銭だったと聞いているが、この近年に買って来る人たちは数百万円の値段で買うのである。

私のすぐ近くに、十五年ほど前に豪邸が建った。地下を深く掘り、道に面しては細い窓しかない堅固な家であった。しかしこの豪邸は建って五年ほどで人手に渡った。持っていられないほどお金を投じたとしたら、計算の悪い人だが、私は住人の顔さえ見たことがなかった。

豪邸が取り壊されるのには、一月(ひとつき)以上かかった。地下室もあったかららしい。当時元ペルー大統領のフジモリ氏が私の家に仮寓(かぐう)しておられたが、氏は外出にも警察がつくような暮らしだったので、二階の寝室からこの家の取り壊し作業が見えるのを、ずいぶん熱心に見ておられた。そしてなぜ、あのような立派な、そしてまだ新しい家を取り壊すのか、と聞かれたが、事情を知らない私は返事のしようがなかった。

豪邸が壊された後には、またまた二軒の建て売り豪邸が建てられた。一軒が六億、七億というような値段だというので、私たちはまた驚嘆した。六億、七億も出せる人なら、自分で土地を買って、好きな設計で家を建てるのではないか、と思われたからである。

この家はしかし長い間売れなかった。どれだけ売れないまま経てば新築と言えなくなるのか。それとも一度も人が住まなければ、三年経っても新築なのか、私はばかなことを考えていた。途中で人の住んでいる気配もあったが、普通の居住者とは思われなかった。転居して来る人は、たいてい菓子おりの一つくらい持って近所に挨拶に来る人が多いのに、その家の住人だという人はいなかった。

今日再び、その家がまだ五年になるかならずで壊されることになった。新しい買い手は、古家を壊して自分の趣味で家を建てるのだろう。重機が入り、厚い壁を崩壊して行くのを、今度は夫が眺めていた。男性は、建築にも破壊にも、女性より強い興味を持つようである。

今まで内部を見たこともなかった豪邸の部屋が、舞台面のように見えて来る。あれなら隣室の音も伝わらないだろうと思われるような厚い壁が、ブルであっけなく崩れ落ちた。

二十一世紀の新しい建築の一分野は、すでに建設されているダムや高速道路やビルを新しくすることにあるだろう。これらの巨大で、やっかいな条件の下に建てられた構造物を、いかに効率よく安全に解体するかという破壊工学が重要になって来る時代にもなろう。つまり建築と解体とは、ほとんど抱き合わせで考えられなければならないわけだ。そこに情緒など持つのはおかしいと知りつつ、こんな立派な、まだ充分に使える建物をどうしてろくろく使いもしないうちに壊してしまうのだろう、という不合理な思いを、私もまた拭い切れなかった。住む人の役に立とうと思っている家が、ほとんど使われずに壊されるのは、かわいそうだった。アフリカの子供たちは、電灯もない椰子の葉葺きの小屋でも我が学校と思っているのである。

私の友人は立派なマンションを建てて貸家業を営んでいる。ところが、だんだん年が経つと、借り手が暖房が効かないのお風呂の排水がよくないの、と言ってくるのを解決してやらなければならない大家業が、次第に面倒くさくなって来た。いっそのことマンションを壊して更地にし、自分が老後に住む小さな家を建てることも考えた。

しかしこの案も、鉄筋の建物を取り壊す費用を考えると、実行に移し難かった。建坪が八十坪ほど、延べ坪で二百四十坪ほどの三階建てのマンションを取り壊すのには一億数千万円かかるのだという。

若い頃、私も一度は鉄筋コンクリート建ての家に住んでみたいと思った。地震には強く、大震災のような場合、火災の延焼にも抵抗するだろう。

私たち夫婦が結婚して最初に住んだ家は、親たちが昭和初年に建てた古い日本家屋で、隙間風が寒かった。その後に私たちが、町の大工さんに頼んで木造の家を建てた。その家がもう今年で四十年近くになる。あちこち改築をして来たが、それでもまだ一部の天井と壁のほとんどには断熱材もはいっていない。当時そういうものを入れる常識がなかったのである。

私の家の西隣は今空き地になっている。空き地に生える雑草は、四季折々なかなか情緒深い。この空き地は、ご近所の豪邸が轟音と地響きを伴う建築と解体を繰り返している間に、ほんの三日ほどでひっそりと出現した。うちとほぼ前後して建てられた木造モルタル塗りの家は、壊すのにたった三日しかかからなかったのである。

さらに私の家でも、一軒の取り壊しを体験した。それは私たちと一つ敷地の中で夫の両親が住んでいた古い家で、ほんとうに小津安二郎の世界を思わせる重い屋根瓦を載せた、天井の高い日本家屋であった。夫の両親と同居しようとした時、私たちはちょうど売りに出ていた隣家の半分を買い、その上に建っている古家をちょっと手直しして住んでもらうことにした。建て替えるお金までは手が廻らなかったのである。

舅姑は質実な性格の人たちで、ことに姑は、私たちに少し経済的余裕ができた後でも、家を新築するのを頑強に拒否した。「もうすぐ死ぬんですから、そんな無駄は要りません」というわけである。しかしこう言った舅姑は、実にそれから三十年近く長生きした。

その間、私は何度もこの古家を壊して建て直してしまおうかと思った。しかしその案は一人の付き添いさんの意見で、そのままになっていた。

「お二人共、今の間取りを体で覚えていらっしゃるんですから、それを変えたらストレスになります」

舅が亡くなって十日ほど後に豪雨があった。それまで雨漏り一つしなかった古家が、その日突然耐えかねたように漏り始めた。

夫は、私たちが今の四十年の古家で死ぬことがいいという。

「その後すぐ壊せば更地になって始末いいんだ。木造は三日できれいに跡形もなくなる。金もかからないし、建物も徹底して使い尽くした。いい気分だ」


『謝罪の時代―昼寝するお化け 第８集』小学館

老年の最期にしてはいけない二つのこと

私の母と離婚して、二番目の奥さんと住んでいた私の父は別として、私は実母と夫の両親の三人と、一緒に住んだ。そして三人共、最期はいずれもうちで息を引き取った。様子がおかしい、と思い始めた時、私の心にも「入院させた方がいいかな」という迷いが起きた瞬間はあるが、それをしなくて済んだのは、いいホーム・ドクターが近所におられたからであろう。

聖路加病院院長の日野原重明先生の講演をいつか伺ったことがある。私に充分な医学的知識がないので、先生のお話を正確に伝えられるかどうか心配なのだが、素人としてわかったことは、老年の最期にしてはいけないことが二つある、ということだった。

一つは点滴、一つは気管切開だという。点滴は、生体のバランスを失わせる。食べないなら食べないなりに、飲まないなら飲まないなりに、かなりひどい状態でも、何とかそこで辻褄（つじつま）を合わせて生きて行くようにする仕組みが人間にはあるのだが、それを強引に崩すのが点滴だという。

食べるという行為は、それができる限り、生体のメカニズムに自然に組みこまれる。しかし点滴をやると、「細胞が水浸しのようになって」（と私は記憶しているのだが、日野原先生はそんな表現はなさらなかったのかもしれない）呼吸さえ苦しくなることがあるという。

気管切開は、最期の言葉を奪う。人間は死ぬまで、意思表示のできる状態でいなければばならない、と先生はお話しになった。

この二つの点からだけ言えば、三人の老人の最期は、まあよかったのである。彼らはまるでどこか南方の島の、未開な村の老人のように自然に死んだ。少しでも食べられそうなものを口にいれてもらうだけで、死の日にも、台所では、料理を作る鍋（なべ）の音がしていた。私は猫をどなっていた。初老の息子は、どたんばたんとたてつけの悪い戸の音をさせていた。すぐ傍（そば）を走る電車の音もやかましかった。そのような日常性の中で、彼らは息を引き取った。管人間にもならず、三人共、老衰というべき最期であった。最初に亡くなった私の母が八十三歳、義母が八十九歳、義父が九十二歳であった。

三人の老い方と死に方を身近かで見られたことは、私にとって最大の「役得」であった。親たちは、密かに静かに、自分らしく死んだ。彼らの望みで、私たちは、その死を世間にはひた隠しにした。

特別な人を除いて死は家族のものである。葬式は家族の行事である。ましてや長生きして、社会から引退していた人の死は、秘かに静かにあるのが、私は好きだ。しかし死の後始末は、その家の好みによっていかようにもすればいい。

『狸の幸福』新潮社

三人の晩年……

私は夫の両親と私の母との三人の晩年を一緒に過ごしてもらったのだが、私は小説を書いていて忙しく、三人の老世代に「お仕えする」ような気分も行動もまったくとれなかった。ただ私は「とにかく一緒に暮らした」のである。

今でも覚えているが、最後に残った夫の父は九十二歳で、自分の妻の死を理解していなかった。

「今日は婆さんはいないな」

とある日、夫の父は息子である三浦朱門に言った。朱門はまた情緒のない人だから、「婆さんはもう三年前に死んじゃったじゃないか」と言ったのだという。すると夫の父は、「僕は何も知らされておらんかった」と言ったので、私はまた後で心配になった。夫の父が九十二にもなってにわかに配偶者がいなくなっていたことを知ると、大きなショックを受けて心理的に立ち直るのが難しいのではないかと心配したのである。

しかし夫の父にその気配はまったくなかった。同じ日の午後にはいつもと同じようにパイプたばこを吸いながらイタリア語の本を読み、ドロドロになるほど濃いコーヒーを自分で淹れて飲んでいた。たぶん人間は老化すると、あらゆる現実を受ける機能が鈍化し、したがって喜びも悲しみも深みを失うのだろうということが見ていてわかったからである。

そしてその義父が亡くなる日——といっても私たちにはそれがその日であるとはわからなかったわけだが——私は朝から夫の父が住んでいる古い家に出入りして、いつもと同じように家事を見ていた。つまり昼ご飯には何を出すとか、バターを切らしていないかとか、コーヒーが減っていたらなくなる前におじいちゃまを連れて駅前まで買いに行ってもらいたいというようなことを家政婦さんに頼むといった仕事である。その間にも当時うちで飼っていた東京一器量の悪い猫が夫の父の家のほうにも入り込んだので、私はその猫を叱り、ドアをバタンと閉め、窓を開け、実にやかましく立ち振る舞って、これがその厳粛な日であるなどとはまったく思っていなかったのである。

細かいことはもう忘れているが、つまり、夫の父はその日も前の日と同じように、荒っぽい嫁の立てる音や猫の鳴き声や、台所のお鍋の蓋（ふた）が煮え立ってカタカタ鳴る音を聞きながら、息を引き取ったのだろうと思う。そして私は、そのような日常性の中で私にとって舅と呼ばれる人を見送れたことは、かなり成功だったと思っている。

そのようにして私たちはなんということなくある日、この世から劇的でなく消えるのがいいのである。

『納得して死ぬという人間の務めについて』KADOKAWA

適当なときに穏やかに死ぬということ

一月四日に看護の手の揃っているホームに行き、それから出たり入ったりした。今日記を見ても、その間のことは細かく記録されていないのだが、朱門が向こうにいる間は、私が毎日のように通っていた。何をするのでもないが、新聞と雑誌を届け、持って行ったリンゴをその場で擦って、リンゴジュースを飲ませるだけである。量は百cc飲めばいい方でスプーン二口という日もあった。たった一日、小さなプリンの入れものに六分目ほどのおろしそばを、それはかなりおいしそうに食べた。

私は一刻も早く、朱門をうちで暮らさせたかった。

ホームの看護婦さんたちはすばらしいプロだった。技術的にも人間的にも……朱門の昔話も聞いてくださったようだし、朱門独特の女房のワルクチにも話を合わせてくださるようなできた方たちだった。それでも私は家がいい、と思っていた。

内科も歯科も往診を受けられる。

朱門はこの期間に奥歯が抜けそうになった。九十一歳でもまだ歯は全部自前なのである。奥歯のグラグラを発見してくださったのはホームの看護婦さんで、私だったらとうていそんなことを見つけられはしなかったろう。

気がつかないうちに抜けて、その歯が気管にでも入ったら大変だということで、歯科の小島静二先生がグラグラしている歯を抜きに来てくださった。すると朱門はその薄汚い歯を見て、看護婦さんたちもいる前で、「この歯は、どの女にやろうかなあ」と呟いてみせたというのだ。その女は大事に指輪にして使うだろう、ということなのである。

朱門はいつもこういう悪い冗談を電光石火の早さで言う癖があり、何十年も前から付き合っている秘書たちなどは「またか」という感じで返事をする気も無くなっているのだが、それでも最近知り合った女性（ここでは看護婦さんたち）がいたりすると、「うわァ、嫌だー」と言われたさに、また性懲りもなくこんなことを言うのである。

私の前でも、この「どんな女にやろうかなぁ」を言ったので、私は「こんな汚い歯なんて誰が貰ってくれますか。まあ一千万円くらいつければ、貰ってくださる方はいらっしゃるかもしれないけど、歯だけはすぐ棄てられますからね」と言ってやったのだが、世間は朱門の表現の癖を全く知らないから、本気にする人がいるので少し困る時がある。

しかし彼の望みは、うちへ帰って老後を過ごすことなのだから、私は老衰のままでもずっと家にいられる態勢を作ることだけにその頃は必死になっていた。今でも私は一回だけ後悔していることがある。私の脚が痛くなって間もなく、私は「もう私はダメだわ。あなたの世話を続けられないわ」と呟いたことがあるのだ。

私はもうベッドの上で、彼の半身を起こす力さえなくなったことを嘆いたのだ。

こんな調子では、どこか病人の面倒を見てくれる施設に朱門を送らなければ私の体力では多分長くは続かないだろうということだったのだが、それから数日後に朱門は、「僕は間もなく死ぬよ」と言ったのだ。暗い調子でもなく、何かさわやかな予定のような口調だった。

彼は自殺を図るような人ではないが、自分の体にその予兆を感じたのか、それだけでなく、それが私たちにとっていいことなのだと言いたかったのか、どちらでもありそうな気がする。

私たちは誰もが、適当な時に穏やかに死ぬ義務がある。

『私日記10 人生すべて道半ば』海竜社

空間をいつも生かして使う

朱門の死後、私はできるだけ早く生活を元のように戻そうとしている。私自身はひどく疲れているようにも感じるが、世の中にはさまざまな理由で疲れている人はいくらでもいるのである。それを何とかごまかして生きているのが、普通の暮らしというものだろう。

幸いにも私は、家の中を実によく片付けた。今や私のおトクイは、「どの押し入れもガラガラなの」ということで、ある友達は、「そんなこと自慢にもならないわよ。昔だったら貧乏、ということよ」と言ったが、私は気分が軽くなるのである。

私は、空間をいつも生かして使うことが大好きなのだ。引き出し一つでも、有効に使っていると気持ちがいい。

一番私が迷ったのは、朱門が最後まで暮らしていた南向きのだだっ広い部屋で、それは元居間と食堂だった部分を、一つに繋げて使っていたからである。

家を建てる時、私は自分で設計図を描いたのだが、もしかしたらそれが成功したと思うのは、部屋を細かく割らなかったことだ。

広かったからこそ、朱門はかなり後まで自分で車椅子を動かせたし、私もベッドの近くに置いたソファで、毎晩九時近くまで本を読みながらいっしょに時間を過ごせたのである。

朱門がいなくなった後、私は家の中央にあるその空間を、今後どういうふうに再利用したらいいか考えた。一番広くて、冬の温かい部屋である。そこを新しい仕事場に使おうか、とか、あまり本気ではなかったが、ソファを入れて居間にしようかと考えたのだが、ふと思いついて、そのままにしておこうと思った。朱門のお葬式はこの部屋で、家族とごく身近な知人だけが集まってくださって、ほんとうに温かいいいお別れができた。もうすぐ私の順番が来るから、そのままにしておけば、家族は（予行演習もしたことだし）次の葬式にとまどわなくて済む、と考えたのである。

『私日記10　人生すべて道半ば』　海竜社

晩年を家で暮らす幸せ

入学試験とか、結婚とか、就職とか、節目をうまく乗り越えた人に会うと、世間は「うまくやったね」というような感慨を漏らす。努力も必要だが、人間その人の自力だけでは必ずしもうまくいかないことが運命の上では多々あるからである。

夫・三浦朱門の死を考えると、私は、あの人は何とうまくこの死という最後の難関を超えたのだろう、と思わざるを得ない。世間には、妻に先立たれたり、子供の死を見送ったりする苦しみを味わう人もいるというのに、三浦朱門は、家族の誰一人失うという悲しみを味わわなかった。それだけでも幸運と言えるのに、人生の終わりに当たって、ほとんど苦しまず、裏切りにも遭わず、深い憎しみを持つ相手など一人もいず、何より一切の雑用もせずに、好きな我が家にいて、ありがとうを繰り返して死んだ。

九十一歳という高齢まで一応健康で、人間らしく毎日を過ごせたということも、どんなにすばらしいことだったろう、と途上国の暮らしをしばしば見て来た私は思う。適当に質素な食事をし、知的刺激に全く事欠かなかったからこそ、死の間際まで自分の足で歩いて本屋通いをする楽しみも叶い、高血圧でも糖尿でもなかったから好きなものを食べ、歯も全部自前であった。視力も十分にあり、薄暮の中で眼鏡もかけずに本を読んでいた。これらはほんとうの豊かな社会の恩恵を受けた結果だ。

死の一カ月前頃から、どんなものを出しても食べなくなる拒食症が始まった。私は今日は何を作ったら彼が一口でも食べるかとそのことばかり考えてくたびれていたが、後で考えると、人間の命脈が尽きる運命にある時は、もう食事をしないのが自然なのかもしれない。

二〇一五年十二月八日、まだ暗いうちに、門まで新聞を自分で取りに出て、玄関先で倒れたのが、異変の始まりだったが、それでも顔を打って片目に青痣（あおあざ）を作ったあとも、彼らしさは失われていなかった。我が家の会話は、昔から普通の家のものとは少し違っていたようだ。私たちは喋る時にも、多少相手を楽しくさせる要素を加味することに馴れていた。目の上に青痣を作った後、彼は家族以外の人に、「三浦さん、どうしたんです？　その青痣は」と聞かれると、大喜びで、「ええ、これは女房に殴られたんです」と言うことにしていた。

その日以来、私は朱門の看護人になることに専念して、約一年一カ月の間、外の仕事もあまりせずに家の中にいた。私は外向きの女房と思われていたが、穴蔵のタヌキみたいな暮らしをしてみると、こういう生活が自分の性格にかなり向いていることもわかった。もっとも私は更に長い年月、持久戦で看護人を続けるつもりだったので、途中で二週間だけ、自分の精神の健康を保つためにフランスに行った。留守は息子の妻に頼み、向こうでは知人のニースのマンションに転がり込んで暮らしたのである。

私は町へもせっせと歩きに出かけたが、窓から見える「イギリス人のプロムナード」と呼ばれる地中海に面した海岸沿いの道にある小児病院の光景を毎日眺めていた。私はその風景の中に、人生について廻る深い悲しみに胸をえぐられる思いで、日々を過ごしていた。夫のように高齢で死に向かうのは自然だが、幼くして亡くなる幼児たちの運命が、私には無情・無法に思えて心が震えた。

日本へ帰ると、私は朱門をおいてどこへも出かけられなくなった。私は三浦半島にある海の家で、毎日一日として同じ色を見せない夕陽を眺めて過ごすのが好きだったが、明け方に朱門が玄関の外で倒れていた恐怖が抜けなくて、東京の家を空けることができなくなった。冬に向かって誰も気づかれずに放置されれば、凍死していたかもしれないと思うのである。しかしこれでは、何年も長期戦になるだろうと思われる看護の暮らしは続かない。

誰もがそうだが、朱門も自分の家が好きだった。十数人の会食や集まりのできる階下のやや広い部屋を、今は朱門一人の病室にしたので、車椅子も楽に使えるようにはなっている。彼はそこを居場所と思い、朝から午後まで窓いっぱいに差し込む陽差しを受けて、庭の梅の花を食べに来る小鳥や庭木を眺め、窓の下に生えている小さな家庭菜園の伸びすぎているホウレンソウの畑の悪口を言い、ベッドの周囲にうずたかく本を積んでおける生活が好きでたまらないようだった。

朝は四紙の新聞を待ちかねて読んだ。十時過ぎの郵便やメール便で、週刊誌や総合雑誌が届けられるのも大きな慰めだった。この居間はドア一枚で台所とつながっていたので、私が煮物をすればお醬油の匂いは流れて来るし、私が喋っていれば、耳が遠いので、その内容を聞き分けることはできないまでも、何となくその「喧しい、賑やかな」気配を感じられたらしい。

「僕はこのうちが好きだ。ここで晩年を暮らせてほんとうに幸せだ。このうちで死にたい」と彼は何度か私に言った。

『コロナという「非日常」を生きる』　ワック

家は建て直さない

「高齢者がいるうちは建て直したらだめですよ。新しい家になったら、年寄りはトイレの場所を覚えられなくて、押し入れで用を足すようになりますよ」

昔、私が、三人の老世代（私の実母と夫の両親）と同居していた頃、我が家に時々手伝いに来てくれた女性が、私にこう忠告してくれたことがあった。老世代と私たちが住んでいた住居は、程度の差こそあれかなり古びていたもので、断熱材は入っていない、天井板は隙間だらけ、木枠の窓からはすきま風が入る、という状態で、寒がりの私は年寄りの面倒を見るのが辛くてたまらなかった。だから親孝行のためというより、自分が楽に世話をするために隠居所を新しい機能的な家に建て替えたかったのである。しかしこの忠告もあった上、新潟県人の夫の母は、いい意味で「始末屋」で、「家なんか建て替えなくてけっこうよ。私たちはもうすぐ死ぬんですから、これでちょうどいいの」と断固として古家を壊すことを拒否した。

少し惚(ほう)けかけた老人でも、我が家なら暮らせるものなのだ。夜、布団から起き上がって右手の襖を開けて、左に三歩行った左側がトイレなのだ、と何十年も体で覚えている。しかし全く違う設計図で作られた建物のトイレは、どこにあるのかどうしてもわからない高齢者もいるという。

『人生の持ち時間』 新潮社

無事に一生を終えればいい

私たち一家は、今の我が家の土地に、もう八十年以上住んでいる。その頃、東京の私鉄が売り出した分譲地を買って、父母たちは移り住み、そこに建てた家が幸いなことに東京の空襲で焼けることもなかった。

昭和十年頃に、葛飾から古家を移築して建てたという家に私の一家はまだ住んでいたのである。

だから、私は生涯に一度も、自分の好みでデザインをし、木の香の匂うような新築の家に住んだことがない。一部が新しくなっても、必ず家の一部には古材を使っているような家で暮らして来たのだ。

新築の家に住んだこともない、というのは、私にとって「ささやかな思い残し」ではあるのだ。ただ、私の中に、人生の真実として強固に生き残っているのは、「とにかく、あまり騒ぎ立てずに生き残ればいい」ということだったのだ。

若い時、初めて地方紙に小説を連載した。約一年間、一日に原稿用紙三枚ずつ書いて、約一千枚の小説になる。スタート以前に、全編書き終わっている、という作家もいないではないが、たいてい荒筋を決めて一日三枚ずつ書いて行く。この作業自体、冒険と言えば冒険だ。

スタート前、一人の先輩が私に言った。

「名作書こうなんて思わなくていいんですよ。読者は大して作品のことなんか覚えちゃいないんですから。只、一年間死なずに書き終わって下さい。それだけがまあ、あるとすればあなたの任務です。無事に終わりゃいいんですよ」

この最後の一言の持つ意味は重い。成功も出世も、本当は要らないのだ。只、あまり騒ぎ立てず、穏やかな笑顔で一生を終わる。これだけが人間の義務なのかもしれない。

『波』新潮社　2020年1月号

【出典著作一覧】

小説

『飼猫ボタ子の生活と意見』　河出書房新社
『非常識家族』　徳間書店

ノンフィクション

『安逸と危険の魅力』　講談社
『老いの才覚』　ベストセラーズ
『夫の後始末』　講談社
『続 夫の後始末―今も一つ屋根の下で』　講談社
『風通しのいい生き方』　新潮社
『悲しくて明るい場所』　光文社
『この世に恋して』　ワック
『コロナという「非日常」を生きる』　ワック
『最高に笑える人生』　新潮社
『死生論』　産経新聞出版
『人生の収穫』　河出書房新社
『人生の退き際』　小学館
『人生の醍醐味』　扶桑社
『人生の第四楽章としての死』　徳間書店
『人生の持ち時間』　新潮社
『私日記2 現し世の深い音』　海竜社
『私日記9 歩くことが生きること』　海竜社

『私日記10 人生すべて道半ば』 海竜社
『私日記11 いいも悪いも、すべて自分のせい』 海竜社
『流行としての世紀末―昼寝するお化け 第2集』 小学館
『謝罪の時代―昼寝するお化け 第8集』 小学館
『狸の幸福』 新潮社
『誰のために愛するか』 祥伝社
『中年以後』 光文社
『都会の幸福』 PHP研究所
『納得して死ぬという人間の務めについて』 KADOKAWA
『人間にとって病いとは何か』 幻冬舎
『人間の愚かさについて』 新潮社
『人間の義務』 新潮社
『不運を幸運に変える力』 河出書房新社
『平和とは非凡な幸運』 講談社
『老境の美徳』 小学館

共編著

『日本人の心と家』 読売新聞社

雑誌

『月刊WiLL』 ワック 2019年8月号
『月刊WiLL』 ワック 2019年12月号
『月刊WiLL』 ワック 2020年8月号
『月刊WiLL』 ワック 2020年10月号

『週刊新潮』　新潮社　２０２０年9月17日号
『波』　新潮社　２０１９年10月号
『波』　新潮社　２０１９年11月号
『波』　新潮社　２０２０年１月号

終の暮らし
跡形もなく消えていくための心得

2021年1月15日　初版第1刷発行
2021年2月10日　第3刷発行

著　者　曽野綾子

発行者　笹田大治
発行所　株式会社興陽館
〒113-0024
東京都文京区西片1-17-8 KSビル
TEL 03-5840-7820
FAX 03-5840-7954
URL https://www.koyokan.co.jp

装　丁　長坂勇司(nagasaka design)
校　正　結城靖博
編集補助　渡邉かおり＋久木田理奈子
編集協力　稲垣園子
編集人　本田道生
印　刷　恵友印刷株式会社
D T P　有限会社天龍社
製　本　ナショナル製本協同組合

ISBN978-4-87723-266-5 C0095